KB120653

고요함의 지혜

STILLNESS SPEAKS
by Eckhart Tolle

Copyright © 2003 by Eckhart Tolle
original, English language publication 2003
by New World Library in California, USA
All rights reserved.

Korean Translation Copyright © 2004 by Gimm-Young Publishers, Inc.
Korean edition is published by arrangement with
NEW WORLD LIBRARY, represented by Rights
Administrator InterLicense Ltd. through
Imprima Korea Agency.

고요함의 지혜

Stillness Speaks

에크하르트 톨레 지음 | 진우기 옮김

삶을 치유하고 변화시키는 마음의 힘

김영사

고요함의 지혜

1판 1쇄 발행 2004. 11. 22.
1판 21쇄 발행 2024. 9. 26.

지은이 에크하르트 톨레
옮긴이 진우기

발행인 박강휘
발행처 김영사

등록 1979년 5월 17일(제406-2003-036호)
주소 경기도 파주시 문발로 197(문발동) 우편번호 10881
전화 마케팅부 031)955-3100, 편집부 031)955-3200 | 팩스 031)955-3111

값은 뒤표지에 있습니다.
ISBN 978-89-349-1689-5 03840

홈페이지 www.gimmyoung.com   블로그 blog.naver.com/gybook
인스타그램 instagram.com/gimmyoung   이메일 bestbook@gimmyoung.com

좋은 독자가 좋은 책을 만듭니다.
김영사는 독자 여러분의 의견에 항상 귀 기울이고 있습니다.

진정한 스승은 아무것도 가르칠 것이 없다. 진정한 스승은 아무것도 더하거나 줄 것이 없다. 진정한 스승은 새로운 정보나 믿음, 규범 같은 것을 주는 사람이 아니다. 진정한 스승은 당신의 본연의 모습을 가리는 것, 존재의 심연에서 당신이 이미 알고 있는 진리와 당신 사이에 가로놓인 무언가를 스스로 제거할 수 있도록 돕는 사람이다. 스승은 내면의 깊은 차원, 평화로움을 드러내 당신에게 보여주기 위해 존재하는 사람이다.

당신이 스승이나 또는 스승을 대신할 이 책을 찾음에 있어 무언가 흥미로운 아이디어나 이론 또는 믿음을 얻을 수 있는 지성적인 토론을 원했다면 실망할 것이다. 다시 말해서 사색의 대상을 찾는다면 이 책에서는 그런 것을 찾을 수 없을 뿐만 아니라 가장 중요한 가르침마저 놓칠 것이다. 진리는 말에 있는 것이 아니라 당신 안에 있다. 이 책을 읽어나가며 그것을 늘 기억하고 종종 실감하기 바란다. 말은 진리로 이르게 하는 길잡이에 불과하다. 말이 가리키는 것이 무엇인지를 봐야 한다. 진리는 사고의 영역에서는 찾을 수 없다. 진리는 당신 안에 존재하는 깊은 차원이며 사고보다 무한히 더 드넓은 것이다. 깊은 차원에는 생동하는 평화로움이 있다. 그러므로 당신이 이 책을 읽어가는 동안 내면에서 평화로움이 샘솟는 것을 느낄 때마다 이 책은 스승으로서의 본분과 기능을 다하고 있는 것이다. 이 책은 당신이 잊고 있던 본래 모습을 알려주고 고향집으로 돌아가는 길을 가리켜준다.

이 책은 처음부터 끝까지 한 번 읽고는 처박아두기 위한 것이 아니다. 이 책은 더불어 함께 살아가며 자주 자주 손에 들어야 하는 책이다. 하지만 자주 손에 드는 것보다 더욱 중요한 것은 자주 내려놓는 일이다. 또는 책을 읽고 있는 시간보다 그저 손에 들고 있는 시간을 더 늘리는 일이다. 한 문단이나 단락이 끝날 때마다 당신은 자연스럽게 읽던 것을 멈추고 차분히 내면을 성찰하며 고요함을 느낄 것이다. 언제나 읽는 것보다는 멈추는 것이 더 중요하다. 책이 제 역할을 다할 수 있도록 습관적으로 생각의 쳇바퀴를 돌리는 오랜 습관을 떨쳐버릴 수 있기 바란다.

이 책은 기록으로 전하는 가장 오래된 가르침인 고대 인도의 경전에서 그 형식을 빌려 현대에 알맞게 바꾸었다. 경전은 비유법이나 짧은 경구 등을 사용하여 진리를 가리킬 뿐 지적 개념을 설하지는 않는다. 베다나 우파니샤드, 붓다의 말씀은 모두 경전 초기의 성스러운 가르침이다. 예수의 이야기도 서술적 맥락을 제거하고 나면 경전으로 볼 수 있고, 고대 중국의 지혜를 담은 도덕경의 심오한 가르침 역시 그러하다. 경전에서는 필요 이상으로 사고를 부추기지 않는다. 경전에서는 말한 것보다 말하지 않은 것이 더 중요하다. 무엇을 가리키고 있느냐가 더 중요하다. 이 책의 글은 경전의 성격을 가지며 특히 제1장의 간결한 단락들은 더욱 그러하다. 제1장은 책 전체의 핵심을 담고 있기 때문에 일부 독자들은 1장만 읽어도 충분할 것이다. 나머지 장들은 좀더 많은 길잡이를 필요로 하는 독자들을 위한 것이다.

고대 경전이 그러하듯이 이 책의 글도 성스럽다. 모두다 내면의 고요함 즉 순수의식의 상태에서 나온 글이다. 한 가지 다른 점이 있다면 이 책의 글이 특정 종교나 전통에 속한 것이 아니라 모든 사람에게 다가갈 수 있다는 것이다.

또한 이 글에는 약간의 긴박감이 더해졌다. 이제 인간 의식의 전환은 더 이상 소수의 개인에게만 가능한 사치품 같은 것이 될 수 없기 때문이다. 인간이 자신을 완전히 파괴하지 않으려면 지금 당장 의식의 전환이 필요하다. 현대는 낡은 의식의 몰락과 새로운 의식의 등장이 한꺼번에 가속화되고 있다. 역설적이긴 하지만 모든 것이 나빠지면서 동시에 또 좋아지고 있는 것이다. 비록 나빠지는 것이 심히 '소란을' 떨기 때문에 좀더 눈에 띄기는 하지만 말이다.

이 책에 담긴 말도 읽는 도중에 당신의 마음속에서 생각으로 변할 것이다. 하지만 그것들은 평범한 생각이 아니다. 시끄럽고 되풀이되고 자기도취적이고 주의를 산만하게 하는 그런 생각이 아니다. 모든 스승과 고대 경전이 그랬듯이 이 책에 담긴 생각은 '나를 보라'고 말하지 않고 '나를 초월하여 보라'고 말한다. 이 책에 담긴 생각은 고요함에서 나왔기 때문에 힘이 있다. 그 힘은 자신이 솟아나온 그 고요함으로 당신을 데려간다. 고요함은 또 내면의 평화로움이다. 고요함과 평화로움은 당신의 생명의 실체이다. 이 세상을 구하고 변화시킬 주인공은 바로 당신 내면의 고요함이다.

차
례

1
안과 밖의 고요함

당신이 모든 것을 멈추고 고요해질 때
지혜가 바로 거기 있다. 그저 보고 들어라.
그 이상은 필요 없다.

사람들은 누구나 마음속에 드넓고 고요한 공간을 가지고 있다. 허공처럼 걸림 없고 지극히 고요한 그곳을 접해보지 못한 사람은 자기 자신을 알 수 없다. 자기 자신을 알 수 없는 사람은 세상 속에서 길을 잃고 헤맨다.

존재의 심연에 있는 나의 자아는 고요함으로부터 분리되어 존재할 수 없다. 이것이 바로 이름이나 형상보다 훨씬 더 깊은 차원에 존재하는 '나의 실체'이다.

~

나의 실체는 고요함이다. 고요함은 무엇인가? 바로 지금 내가 읽고 있는 이 글을 인식하고 그 인식을 사고로 변환시켜주는 내면의 허공이며 맑은 마음이다. 맑은 마음이 없다면 나는 인식하거나 사고할 수 없다. 그러므로 맑은 마음이 없다면 이 세상도 없다.

내가 바로 맑은 마음이다. 잠시 사람의 모습으로 변장한 맑은 마음이다.

～

밖이 소란함은 안이 소란한 것이요, 밖이 고요함은 안이 고요한 것이다.

주변에 잠시라도 고요함이 내려앉을 때면 귀를 기울여 보라. 다가온 고요함을 바라보고 주시하라. 밖의 고요함에 귀를 기울이면 안의 고요함이 깨어난다. 마음이 고요해져야 주변의 고요함을 알 수 있기 때문이다.

밖이 고요함을 알아차리는 그 순간 내 안에 아무런 생각이 일어나지 않고 있다는 사실을 주시하라. 다만 온 마음으로 바라볼 뿐 아무런 생각도 없다.

～

밖의 고요함을 의식하는 순간 안의 고요함이 깨어난다. 비로소 당신은 지금 여기 존재하게 된다. 그 순간 당신은 수천 년 동안 되풀이해온 인류의 습관을 벗어나고 있는 것이다.

나무를 보라. 꽃과 풀을 보라. 당신의 맑은 마음을 그 위에 살며시 올려놓아라. 나무는 얼마나 고요한가. 꽃은 얼마나 생명 속에 깊이 뿌리내리고 있는가. 자연에서 고요함을 배우라.

나무를 바라보며 그 안의 고요함을 인식할 때 나도 고요해진다. 나는 깊은 차원으로 나무와 연결된다. 고요함 속에서 그리고 고요함을 통해서 인식한 모든 것과 나는 하나가 되었음을 느낀다. 그렇게 세상만물과 내가 하나임을 느끼는 것이 참사랑이다.

밖의 고요함은 안의 고요함을 찾는 데 도움은 되겠지만 필수적인 것은 아니다. 밖이 소란해도 소란함을 한 꺼풀만 걷어내면 바로 그 아래에 고요함이 있고, 소란함이 생겨나는 공간이 있음을 알 수 있다. 그곳이 바로 순수의식이 거하는 곳, 온전히 맑은 마음이 거하는 내 안의 허공이다.

지각 작용과 생각을 한 발짝만 넘어서면 거기 맑은 마음이라는 바탕이 존재함을 알게 된다. 맑은 마음을 알고 나면 내면에 고요함이 차오른다.

〜

실은 밖의 고요함 뿐 아니라 소란함마저도 도움이 된다. 어째서인가? 소란함에 대한 마음의 저항을 털어버리고 소란함을 있는 그대로 존재하도록 내버려둘 수 있을 때 그런 수용이 당신을 내면의 평화로운 허공으로, 고요함으로 들어갈 수 있도록 해주기 때문이다.

지금 이 순간이 어떤 모습으로 다가오고 있든 있는 그대로 깊이 수용할 때마다 나는 고요해진다. 나는 평화로워진다.

〜

고요한 순간을 주목하라. 하나의 생각이 가고 또 하나의 생각이 아직 다가오기 전의 고요한 순간, 대화 중 생겨나는 짧고 고요한 공백, 피아노나 플루트 연주곡을 들으면서 음과 음 사이에 존재하는 고요한 순간, 그리고 들숨과

날숨 사이에 존재하는 고요한 순간을 주시하라.

그러한 고요한 순간을 주시할 때 '무언가'를 인식하던 마음은 그저 텅 빈 맑은 마음이 되어 내면에 형상을 초월한 순수의식의 차원을 깨운다. 형상이 자기 자신이라고 생각하던 과거의 당신은 이제 없다.

～

진정한 지혜는 고요함 속에서 나온다. 그러므로 창의력을 개발하고 문제를 해결하고 싶다면 고요함 속으로 들어가라.

～

고요함이란 다만 소음이 없는 것, 안에 내용물이 없는 것인가? 그렇지 않다. 고요함은 지혜이며 모든 형상이 태어나는 근원적 의식이다. 그럴진대 어떻게 그것이 본연의 나와 분리되어 존재할 수 있겠는가? 내가 본연의 나라고 생각하는 나의 형상, 즉 나의 몸이 실은 그로부터 나왔고 그로부터 생명 에너지를 받고 있다.

고요함은 은하계의 뭇 별과 온갖 풀잎들의 실체이다. 이 세상 모든 꽃들과 모든 나무들과 모든 새들과 모든 형상을 가진 것들의 실체이다.

∿

이 세상에서 형상을 여읜 유일한 존재가 고요함이다. 하지만 고요함은 물질이 아니며 이 세상에서 나온 것도 아니다.

∿

지금 나는 고요함 속에 머무르는 나무나 인간을 보고 있다. 여기서 보는 자는 누구인가? 그것은 나란 사람이 아니라 훨씬 더 깊은 곳에 있는 무엇이다. 여기서 보는 자는 바로 순수의식이다. 순수의식이 손수 창조해낸 것들을 순수의식 자신이 보고 있는 것이다.

성경에는 신이 이 세상을 창조하였고 그것을 보니 좋았더라는 말이 있다. 생각이 끊어진 고요함 속에서 내가 보는 세상 역시 그러하다.

~

좀더 많은 지식이 필요한가? 좀더 많은 정보가 세상을 구원하는가? 아니면 좀더 빠른 컴퓨터, 좀더 과학적인 분석이 필요한가? 하지만 인류에게 지금 이 시점에서 가장 필요한 것은 지혜가 아닐까?

그렇다면 지혜란 무엇이며 어디에서 찾을 수 있을까? 당신이 모든 것을 멈추고 고요해질 때 지혜가 바로 거기 있다. 그저 보고 그저 들어라. 그 이상은 필요 없다. 당신이 고요해지고, 그저 보고 그저 들을 때 생각을 여읜 지혜가 내면에서 깨어난다. 그러니 고요함이 당신의 말과 행동을 이끌어갈 수 있도록 하라.

2
생각하는 마음을 넘어서

생각은 계곡의 물살처럼 거세게 흘러가고 우리는
그 속에 휩쓸려 간다. 인간이 생각 속에 길을 잃고 생각의 감옥안에
갇혀버리기는 얼마나 쉬운가.

인간의 병 : 생각 속에 길을 잃다.

～

사람들은 대체로 자신의 생각이라는 감옥에 갇혀서 일생을 살아간다. 그래서 과거에 얽매이고 생각이 지어낸 좁은 자아상을 넘어서지 못한다.

내 안에는 생각을 넘어선 깊은 의식의 차원이 존재한다. 나의 실체인 그것을 걸림 없는 순수의식이라고도 하고 맑은 마음이라고도 한다. 고대의 가르침에서는 '내 안에 계신 그리스도'라고도 했고 '불성'이라고도 했다.

생각이 만들어낸 '작은 나'가 삶을 지배할 때 나와 세상을 동시에 고통스럽게 하는 것은 바로 나 자신이다. 하지만 나의 실체를 발견하고 나면 세상과 나는 동시에 고통에서 놓여난다. 오직 내 안에 존재하는 걸림 없는 순수의식을 통해서만 사랑과 기쁨, 지속적인 마음의 평화가 삶 속으로 들어오고 나는 '큰 나'가 될 수 있다.

아주 가끔이라도 마음속에 지나가는 생각을 그저 생각이라고 인식할 수 있다면, 나의 감정이 주어진 상황에 대립하는 양상을 그저 지켜볼 수 있다면, 순수의식이 이미 맑은 마음으로 그 모습을 드러내고 있는 것이다. 나의 생각과 감정은 바로 그 안에서 생겨난다. 시간을 초월한 그곳 내면의 허공에서 나의 삶을 채우는 모든 내용물이 생겨난다.

～

생각은 계곡의 물살처럼 거세게 흘러가고 나는 자신도 모르는 새 생각 속에 휩쓸려간다. 모든 생각들은 하나하나가 다 '내가 제일 중요해'라고 말하며 나의 마음을 송두리째 앗아가려 한다.

그럴 때는 다음을 기억하라. '생각을 지나치게 중요하게 여기지 말라.'

생각이 만든 감옥에 갇혀버리기는 얼마나 쉬운가!

인간의 마음은 대상을 알고 이해하고 그리고 그를 통하여 지배하려는 욕구를 가지고 있기 때문에 자신의 생각이나 견해를 사실로 착각하기가 쉽다. 마음은 늘 말한다. '현 상황이 이러하다는 것은 사실이야.' 하지만 내가 나의 삶이나 다른 이의 삶을 어떻게 해석하든, 눈앞에 닥친 상황을 어떻게 판단하든 그것은 다만 하나의 견해이며, 수많은 옳은 관점들 중 하나에 불과할 뿐이다. 그것은 생각의 뭉치에 불과하다. 그것을 깨달으려면 나의 생각을 넘어서 그보다 훨씬 더 큰 사람이 되어야 한다. 우주의 실상은 '하나로 연결된 전체'이다. 만물은 다 서로 연결되어 있으며 홀로 분리되어 존재하는 것은 하나도 없다. 생각하는 마음은 삶의 실상을 해체해서 개념의 파편, 생각의 단편으로 조각내어버린다.

물론 생각은 매우 유용하고 효과적인 도구이다. 하지만 생각이 삶을 완전히 장악해버리고 나면 생각이란 것이 단지 내 실체의 아주 작은 일부임을 깨닫지 못하게 된다. 그렇게 되면 생각은 더 이상 삶에 도움이 되지 않는다. 오히려 삶을 축소시키고 방해한다.

∿

　지혜는 생각에서 나오는 것이 아니다. 존재의 심연에는
이미 지혜가 있다. 그것을 끌어다 쓰는 방법은 아주 간단
하다. 그저 앞에 있는 사람이나 사물에 전념하면 된다. 전
념은 원초적 지혜이며 순수의식 그 자체이다. 전념은 개념
적 사고가 만들어낸 장벽을 녹여 없애고 그로 인해 이 세
상 아무것도 홀로 분리되어 존재할 수 없음을 알게 해준
다. 맑은 마음이 이루는 공동의 장에서 인식하는 자와 인
식되는 것은 하나가 된다. '너'와 '나'로 나뉜 것들, 모든
분리된 것들은 치유된다.

∿

　충동적으로 생각에 잠길 때마다 나는 현실을 회피하고 있
는 것이다. 내가 있는 '지금 여기'를 피하고 싶은 것이다.

∿

　종교 · 정치 · 과학에서 흔히 보이는 독단은 모두 다 생

각이 우주의 실상과 진리를 담아낼 수 있다는 잘못된 믿음에서 나온 것이다. 독단은 집단이 만들어낸 생각의 감옥이다. 그런데 한 가지 이상한 일은 사람들이 자신을 가두는 그 감옥을 사랑한다는 것이다. 왜일까? 그 감옥이 보호받고 있다는 느낌과 '나는 알고 있다'는 그릇된 자만심을 키워주기 때문이다.

독단은 인간에게 가장 큰 해악을 입혔다. 모든 독단은 조만간 그 거짓됨이 밝혀져 무너지게 되어 있다. 하지만 근원적 어리석음을 제대로 보지 못하는 한 무너진 독단의 자리에 다른 독단이 대체되어 들어설 뿐이다.

근원적 어리석음은 무엇인가? '나 = 생각'이라는 믿음이다.

〰

깨달음을 얻었다는 것은 바로 생각이라는 꿈에서 깨어나는 것이다.

〰

순수의식의 영역은 생각으로 파악할 수 있는 것보다 훨씬 더 드넓다. 다가오는 생각들을 모두 다 믿지는 않게 되는 그날, 나는 생각이라는 감옥에서 한 걸음 걸어 나와 생각하는 사람이 나의 본모습이 아니란 걸 분명히 알게 될 것이다.

~

생각은 늘 '이것만으로는 부족하다'고 속삭이며 더 많이 갖고자 욕심을 부린다. 생각이 내가 되어버릴 때 나는 자꾸만 권태로워진다. 권태롭다는 것은 허기진 마음이 더 많은 자극과 채울 것을 원한다는 것이며 또한 그 허기가 아직 가시지 않고 있다는 것이다.

권태로울 때 잡지를 집어 들거나 전화를 하거나 TV채널을 돌리거나 인터넷을 검색하거나 쇼핑을 하면서 마음의 허기를 채운다. 어떤 사람들은 마음의 허기를 몸으로 전이시켜 음식을 더 많이 먹어서 일시적으로 만족을 얻는다.

이들과는 달리 권태로운 기분을 바꾸겠다는 생각 없이 그저 있는 그대로 지켜보는 사람들이 있다. 맑은 마음이 권태로운 기분에 가 닿으면 한 순간에 그 주변이 트이며 고요함이 들어선다. 처음에는 아주 작았던 틈새 공간이 점점 더 커진다. 그와 동시에 권태로운 느낌이 조금씩 약해지며 그리 대수로운 것이 아니었다는 생각이 든다. 그렇게 권태도 스승이 될 수 있다. 나의 본모습이 무엇이고 나의 본모습이 아닌 것은 무엇인지 가르쳐줄 수 있으니까 말이다.

나는 '권태로운 사람'이 나의 본모습이 아님을 알게 된다. 권태는 다만 나의 내부 에너지가 습관적으로 움직이는 것이다. 분노한 사람은 내가 아니다. 슬픈 사람은 내가 아니다. 두려운 사람은 내가 아니다. 권태·분노·슬픔·공포는 '나의 것'이 아니다. 그것들은 단지 마음 상태를 가리키는 지표이며, 늘 가고 오는 것이다.

가고 오는 것은 그 무엇도 내가 아니다.

'나는 권태롭다.' 그것을 아는 사람은 누구인가?

'나는 배고프다. 슬프다. 두렵다.' 그것을 아는 사람은 누구인가?

나는 앎 그 자체이다. 앎을 통해 지각되는 마음의 상태가 아니다.

～

편견을 가지고 있다면 '나 = 생각'이라고 믿는다는 증거이다. 바로 눈앞에 있는 사람을 살아 있는 인간으로 보지 않고 나의 사고가 만들어낸 개념으로 보고 있다는 것이다. 생생히 살아 있는 사람을 죽어버린 개념으로 격하시키는 폭력을 행사하고 있는 것이다.

～

맑은 마음에 뿌리를 두지 못한 생각은 이기적이고 비효율적이다. 영리하나 지혜가 결여된 생각 역시 극히 위험하고 파괴적이다. 인류는 대체로 현재 그 상태에 있다. 오늘날 눈부신 과학기술 발전의 원동력이 된 이성적 사고의 팽배는 그 자체로는 좋지도 나쁘지도 않다. 파괴적 기술이 도처에 범람하는 것은 과학적 사고의 뿌리가 맑은 마음에 자리하지 못했기 때문이다.

이제 인류는 생각을 넘어서는 진화의 새로운 단계를 맞이하였다. 이것은 시급하고도 중차대한 당면과제이다.

생각을 하지 말라는 것이 아니다. 다만 '나 = 생각' 이라는 일체감을 버리고 생각에 완전히 지배당하지 말라는 것이다.

〜

'내면의 나'가 가진 에너지를 느껴보라. 그 즉시 마음의 소란함이 잦아들고 이윽고 그칠 것이다. 손과 발, 배와 가슴에서 내면의 에너지를 느껴보라. 나의 본모습인 생명, 나의 몸을 살아 움직이게 하는 생명을 느껴보라.

그때 나의 몸은 관문이 된다. 시시각각 변하는 감정과 사고의 밑바닥에 존재하는 깊은 생명의 느낌으로 들어가는 문.

〜

단지 머리가 아니라 온몸과 온 마음으로 느낄 수 있는 생명이 내 안에 있다. 세포 하나하나가 모두 살아 있는 그 생명 속에서는 더 이상 생각이 필요 없다. 하지만 그 상태에서도 생각이 필요하다면 나는 생각할 수 있다. 생각은 여전히 작용한다. 뿐만 아니라 드넓은 지혜가 드러나기 때문에 생각은 아름답게 작용할 수 있게 된다.

～

비록 짧은 순간이지만 '생각 없는 순수의식'이 이미 자연스럽게 드러났는데도 그것을 간과해버렸을 수도 있다. 아마도 손을 사용하여 무슨 일을 하거나 방안을 돌아다니거나 공항 카운터에서 차례를 기다리고 있을 때 나는 온전히 거기 존재했을 수 있다. 늘 시끄럽던 마음속은 고요해지고 맑은 마음이 자리했을 수 있다. 아마도 그저 하늘을 바라보거나 다른 이의 말을 듣고 있으면서 마음속에 아무런 판단도 일어나지 않은 것을 알아차리고 놀랐을 수도 있다. 나의 지각작용은 생각에 의해 조금도 흐려지지 않고 거울처럼 명료했던 것이다.

하지만 생각하는 마음에서 이런 것들은 별로 중요하지 않다. 늘 '더 중요한 것'을 생각해야만 하기 때문이다. 또한 한 생각이 오래가지도 않는다. 그래서 온전히 존재했던 순간이 이미 내 삶 속에 있었다는 것을 지나쳤을 수도 있다.

실은 그런 순간이 무엇보다 가장 중대하다. 생각에서 맑은 마음으로의 전환이 시작되는 순간이기 때문이다.

~

'모른다'는 것을 마음 편히 받아들여라. 그러면 생각하는 마음을 넘어서 저편으로 갈 수 있다. 마음은 항상 주어진 것을 나름대로 해석하고 결론을 내리려 한다. 모른다는 것이 두렵기 때문이다. 모른다는 사실을 마음 편히 수용할 때 이미 당신은 생각을 넘어선 것이다. 그때 개념적 사고를 벗어난 깊은 앎이 당신 앞에 나타난다.

~

창조적인 미술작업, 운동, 춤, 교육, 상담의 달인들은 생각을 더 이상 쓰지 않거나 쓴다 해도 주인역할은 하지 않는다. 나보다 훨씬 더 큰 힘과 지혜, 그럼에도 불구하고 본질적으로는 나와 하나인 지혜가 주인이 된다. 이제는 바른 결정을 내리기 위해 고심하지 않아도 된다. 바른 행동은 자연스럽게 저절로 나온다. 하지만 그것을 주관하는 것은 '나'가 아니다. 삶의 달인은 지배하지 않는다. 그저 광대한 순수의식에 삶의 중심을 맞춰두고 그것이 말하고 행동하고 일하도록 맡길 뿐이다.

위험이 닥쳤을 때는 순간적으로 생각이 멈춘다. 그때 지금 여기에 존재하며 온전히 깨어 있다는 것이 어떤 것인지 맛보아라.

진리는 생각으로 이해할 수 있는 범주를 넘어서 모든 것을 다 포용한다. 이 세상 어떤 생각도 그 안에 진리를 다 담을 수는 없지만 적어도 진리를 가리킬 수는 있다. 예를 들면 '만물은 본래 하나이다.'라는 말은 진리를 가리키는 손가락이지 진리 그 자체가 아니다. 이것을 이해한다는 것은 내면 깊은 곳에 그 말이 가리키는 진리가 존재한다는 것을 느낀다는 뜻이다.

3

나의 에고

에고는 늘 무언가 부족하다고 느끼며
시시각각 변화한다. 그런 에고에게는 두려움과 욕망이
그림자처럼 따라다니며 삶을 휘두른다.

생각하는 마음이 끝없이 찾아 헤매는 것은 사색의 대상만이 아니다. 마음은 '나는 누구인가'라는 자아상을 채워줄 대상도 찾아다닌다. 에고는 그렇게 해서 존재하게 되며 쉼 없이 스스로를 재창조한다.

'나'를 생각하고 '나'를 말할 때 내가 실제로 의미하는 것은 '나와 나의 이야기'이다. 그것은 내가 좋아하고 싫어하는 것들, 두려운 것들, 갈망하는 것들로 이루어진 '나'이며, 결코 만족을 모르고 혹여 만족이 있다 해도 잠시뿐인 '나'이다. 그것은 마음이 지어낸 자아상으로서 늘 과거에 얽매이고 미래에서 만족을 구하는 나이다.

그러한 '나'는 물 위에 번지다가 사라지는 파문처럼 순간적으로 생겼다가 사라지는 것임을 알 수 있는가?

그러한 '나'를 보는 사람은 누구인가? 나의 육체와 정신을 담은 틀이 잠시만 존재하는 무상한 것임을 아는 사람은 누구인가? 바로 나의 실체이다. 깊은 차원에 존재하며 과거나 미래와는 아무런 상관도 없는 '나'이다.

◡

매일 나는 코앞에 닥친 문제를 해결하느라 정신이 없다. 그런 나의 삶에서 두려움과 욕망을 빼면 무엇이 남을 것인가? 손가락만한 직선뿐이다. 묘비에 새겨질 태어난 날과 죽은 날 사이에 들어갈 5센티미터 정도의 선.

이러한 성찰은 에고에게는 우울한 일이지만 나에게는 자유를 가져오는 일이다.

◡

생각에만 골똘한 나는 머릿속에서 들리는 소리가 바로 나라고 생각한다. 그렇게 해서 나의 생각에 나의 자아상이 덧붙여진다. 이것이 바로 생각이 만들어낸 '나' 즉 나의 에고이다. 에고는 늘 무언가 부족하다고 느끼며 시시각각 변화한다. 그런 에고에게는 두려움과 욕망이 그림자처럼 따라다니며 삶을 휘두른다.

머릿속에서 나인 척 하며 수다를 그칠 줄 모르는 목소리가 있음을 깨달을 때, 생각의 흐름이 곧 나라고 무의식적으로 생각했던 과거의 꿈에서 나는 깨어난다. 그때 나는 깨닫는다. 나의 본모습은 그 목소리가 아니며, 생각하는 사람도 아니며 다만 그 목소리를 알아차리는 사람임을 깨닫는다.

그 목소리 넘어 존재하는 맑은 마음이 나라는 것을 알 때 자유가 온다.

~

에고는 항상 무언가를 찾아다닌다. 좀더 보태어 좀더 완전해지기 위해 에고는 이것을 찾아 챙기고 저것을 찾아 소유하며, 이미 가지고 있는 것은 더 많이 쌓아두려 한다. 에고가 강박관념처럼 미래에 그렇게 집착하는 것은 바로 그런 이유 때문이다.

내가 이 순간이 아니라 '다음 순간을 위해 살고 있음'을 알아차릴 때마다 나는 에고의 지배를 벗어난다. 그때 지금

이 순간에 온전히 머무를 수 있는 가능성도 커진다.

지금 이 순간에 온전히 머무를 때 에고보다 훨씬 큰 지혜가 나의 삶 속으로 들어온다.

～

에고가 삶의 주인일 때, 지금 이 순간은 언제나 목적을 위한 수단으로 격하된다. 나는 미래를 위해서 산다. 하지만 목적을 이루었을 때도 만족하지 못하며, 있다 해도 오래가지는 못한다.

하나의 행위를 하면서 그것이 앞으로 가져올 결과보다는 행위 자체에 좀더 관심을 둘 때 나는 에고의 오랜 습관을 버리게 된다. 그때의 행위는 훨씬 더 효과적일 뿐만 아니라 나에게 무한한 충족감과 기쁨을 안겨준다.

～

에고는 대체로 '피해의식'이라고 할 수 있는 것을 조금씩은 가지고 있다. 당하고만 살았다는 생각을 자주 하는 사람들의 에고는 온통 피해의식으로 가득하다. 이들의 마음에는 원망과 불만이 들끓는다.

하지만 나의 불만이 진정 '정당한 것'이라 할지라도 그 것은 나를 마음의 감옥에 가두어버린다. 쇠창살 대신 생각의 창살로 지은 감옥에 스스로를 가두는 나를 보라. 나의 마음이 나에게 무슨 짓을 하고 있는지 똑똑히 보라. 그동안 당하기만 하고 살았다며 늘어놓는 이야기에 내가 얼마나 집착하고 있는지 똑똑히 보라. 그 이야기를 자꾸만 생각하고 말하고 싶은 욕망을 억누를 수 없는 나를 보라. 마음에 일어나는 강박충동을 목격자가 되어 지켜보라. 다른 아무것도 할 필요가 없다. 그저 맑은 마음으로 지금 여기에 존재하는 순간 감옥문을 열고 나와 자유인이 될 수 있다.

〜

불평과 대립은 에고가 스스로를 키우기 위해 가장 자주 사용하는 방법이다. 대체로 사람들의 감정 표현은 이것저것에 대해 불평하고 대립하는 것으로 점철되어 있다. 그래서 다른 사람은 '틀린 쪽'이 되고 나는 '옳은 쪽'이 된다. '옳은 쪽'이 된 나는 우월감을 느낀다. 우월감을 통해 나의 에고는 더욱 커진다. 실제로는 내가 에고라고 착각하고 있는 그것이 커질 뿐이다.

내면에서 그런 마음의 움직임을 관찰하고 머릿속에서 불평하는 목소리를 있는 그대로 들을 수 있는가?

〜

에고가 지배하는 자아상은 대립을 요구한다. 에고는 자신이 홀로 분리된 존재라고 생각하기 때문에 이것저것과 대립하여 싸움으로써 스스로를 키운다. 또한 이런 것은 '나'인데 반해 저런 것은 '내가 아님'을 늘 증명하려 한다.

부족이나 국가, 종교단체 역시 적의 존재로 집단적 정체성을 강화하는 경우가 흔히 있다. '믿지 않는 자'가 없다면 어찌 '믿는 자'가 있을 수 있겠는가?

〜

사람들을 대할 때 미묘한 우월감이나 열등감을 느끼는 나를 감지할 수 있는가? 그때 나는 비교를 통해 살아가는 에고를 바라보고 있는 것이다.

누군가에게 좋은 일이 생겼을 때, 남이 나보다 더 많이 알 때, 남이 나보다 더 많은 것을 할 수 있을 때, 스스로 초라해졌다고 느끼는 에고에 부수적으로 따르는 것이 질투이다. 에고는 비교에서 정체성을 얻고 '더 많이'를 양식으로 먹고 산다. 에고는 무엇이든 붙잡는다. 하지만 모든 수단이 다 실패했을 때조차도 에고는 여전히 커질 수 있다. 삶이 자신에게만 불공평했다든지 심한 병에 걸렸었기 때문이라고 변명할 수 있으니까.

나의 자아상을 뒷받침하고 있는 이야기는 무엇인가? 나도 소설 한 편을 썼는가?

～

자신을 우주의 나머지 것들과 분리되어 사는 존재라고 생각하는 에고는 생존을 보장받기 위해서 분리 상태를 계속 유지시켜야 한다고 느낀다. 그래서 반대하고 저항하고 제외시키고자 하는 욕구를 가지고 있다. 그로 인해 '남'에 대립하는 '나'가 존재하고 '남들'과 대립하는 '우리들'이 존재한다.

에고는 늘 사물이나 사람과 대립해야 한다. 당신이 끝

없이 평화와 기쁨과 사랑을 찾아 헤매지만 그것들을 찾아도 잠깐밖에 참아내지 못하는 이유가 바로 그것이다. 말로는 행복을 원한다고 하지만 실은 불행에 중독되어 있는 것이다.

그러므로 불행의 궁극적 원인은 주변환경이 아니라 마음의 습관이다.

～

과거에 했던 일 또는 하지 못했던 일 때문에 죄의식을 가지고 있는가? 한 가지 분명한 것은 그때 당신은 당신의 의식 수준에 맞게 행동했다는 것이다. 실은 무의식 수준에 맞게 행동했다는 편이 좀더 정확할 것이다. 당신에게 좀더 맑은 마음이 있었다면 좀더 순수의식이 있었다면, 행동이 달라졌을 것이기 때문이다.

죄의식 역시 에고가 자신의 정체성을 확립하는 데 이용하는 방법이다. 에고에게는 자신이 긍정적이든 부정적이든 문제가 되지 않는다. 내가 과거에 했거나 하지 못했던 일들은 실은 모두 인류의 무의식이 발현된 것이다. 하지만 에고는 그것을 개인적인 것으로 받아들여 이렇게 말한다.

'내가 그렇게 했어.' 그로 인해 '나는 나쁜 사람'이라는 자아상을 가지게 된 것이다.

역사를 되돌아보면 인간이 같은 인간에게 행한 폭력과 잔인한 파괴 행위는 셀 수 없이 많다. 그리고 서글프게도 그것은 지금도 여전히 계속되고 있다. 그렇다면 인간들은 모두 저주받아 마땅한가? 모두 유죄인가? 그렇지 않다면 그런 행위는 그저 무의식의 발현일 뿐이며, 인류가 이제 정신적으로 성장하면서 서서히 벗어나고 있는 진화의 단계에 불과할 뿐인가?

예수가 '저들을 용서하소서! 저들은 자신들이 무슨 짓을 저지르고 있는지 모르옵니다'라고 한 말은 당신에게도 그대로 적용된다.

∿

스스로를 자유롭게 하고 더 낫게 하고 더 중요한 사람이 되겠다는 자아성찰적 목표를 세운다면 비록 목적을 달성한다 하더라도 만족하지 못할 것이다.

목표를 정하라. 하지만 목적지에 도착하는 것은 그리

중요하지 않음을 알라. 지금 이 순간에 머물러서 무언가 생긴다면 그것은 바로 이 순간이 목적을 이루기 위한 수단이 아니었다는 뜻이다. 어떤 행위든 매순간 그것 자체로 만족스럽다. 나는 더 이상 지금을 목적을 위한 수단으로 전락시키지 않는다. 오직 에고만이 그렇게 한다.

'내가 없으면 문제도 없다.' 불교의 깊은 의미가 무엇이냐는 질문에 대한 어느 스님의 답변이다.

4
지금 이 순간

무슨 일이 생긴다 하더라도, 나의 삶이
얼마나 많이 변한다 하더라도 분명한 한 가지는
언제나 '지금 이 순간' 이라는 것이다.

언뜻 보면 지금 이 순간은 그저 수많은 순간들 중 하나에 불과한 것으로 보인다. 그리고 삶의 하루는 여러 가지 일들이 일어나는 수천 개의 순간으로 이루어져 있는 것처럼 보인다. 하지만 좀더 깊이 들여다보라. 지금부터 영원에 이르기까지 존재하는 것은 오직 한 순간밖에 없지 않은가? 삶은 언제나 '이 순간'이 아니던가?

이 한 순간, 즉 지금이 내가 도망칠 수 없는 유일한 것이며 나의 삶에 변함없이 존재하는 오직 하나이다. 무슨 일이 생긴다 하더라도 나의 삶이 얼마나 많이 변한다 하더라도 분명한 한 가지는 언제나 '지금 이 순간'이라는 것이다.

지금 이 순간으로부터 도망칠 수 없다면 지금 이 순간을 두 팔을 벌려 맞아들이고 친구로 삼는 게 어떠한가?

지금 이 순간과 친구가 될 때 나는 어디에 있든 편안하다. 하지만 지금 이 순간 속에서 편안하지 않다면 나는 어디를 가든 마음속에 불안이라는 짐 보따리를 지고 간다.

지금 이 순간은 언제나 있는 그대로 존재한다. 그러니 그냥 그대로 내버려둘 수 있겠는가?

삶을 과거·현재·미래로 나누는 것은 생각이 만들어 낸 것이고 궁극적으로는 착각이다. 과거와 미래는 생각의 형태이며 정신적으로 추상적인 개념이다. 과거는 오직 지금 현재에서만 기억될 수 있다. 내가 지금 기억하고 있는 것은 그때에도 '지금' 일어났던 사건이다. 미래가 다가왔을 때는 이미 지금이 된다. 그러므로 진정 존재하는 것, 지금 존재하는 유일한 것은 지금 이 순간뿐이다.

지금 이 순간에 전념하는 것은 삶에 필요한 것을 부정하는 것이 아니다. 다만 가장 중요한 것이 무엇인지를 인정하는 것이다. 그런 다음에 이차적으로 중요한 것들을 대하면 훨씬 여유가 생긴다. '존재하는 것은 오직 지금밖에 없으므로 나는 이제부터 해야 할 일을 하지 않을 거야'라고 말하는 것이 아니다. 다만 가장 중요한 것에 우선순위를 두고 지금 이 순간을 적이 아닌 친구로 만들라는 뜻이다. 지금에 감사하고 지금에 경의를 표하라. 지금이 삶의 근본이 되고 중요한 구심점이 될 때 삶은 여유롭게 풀리기 시작한다.

설거지한 접시를 치우고 사업 전략을 세우고 여행을 계획할 때 무엇이 더 중요한가? 행위 자체인가, 아니면 행위를 통해서 이루고자 하는 결과인가? 지금 이 순간인가, 아니면 미래의 어떤 순간인가?

당신은 지금 이 순간을 싸워 이겨야 할 장애물처럼 대하는가? 아니면 이 순간보다 좀더 중요한 미래의 순간이 있어 거기 도달해야 한다고 느끼는가?

사람들은 거의 다 그렇게 산다. 하지만 미래는 현재로서가 아니면 우리에게 다가올 수 없으므로 그런 삶은 제기능을 하지 못한다. 그런 삶의 밑바닥에는 끊임없이 불안과 긴장, 불만이 출렁인다. 그것은 삶을 존중하는 일이 아니다. 삶은 언제나 지금에 있으며 지금이 아닌 경우는 절대 없기 때문이다.

~

몸속에 흐르는 생명의 느낌을 만끽하라. 그것을 통해지금 이 순간에 닻을 내려라.

~

지금 이 순간을 책임지지 않는다면 삶에 대한 책임도회피하는 것이다. 삶을 발견할 수 있는 유일한 곳은 바로지금이기 때문이다.

이 순간을 책임진다는 것은 지금 이 순간의 '그러함'에마음으로 반대하지 않으며 있는 그대로의 지금과 싸우지 않겠다는 뜻이다. 삶과 조화를 이루겠다는 뜻이다.

지금이 지금의 모습인 것은 그 밖에 다른 모습으로는 존재할 수 없기 때문이다. 불자들은 늘 알고 있던 진리였지만 최근 물리학자들이 과학적으로 밝혀낸 것이 있다. 이 세상에서 떨어져 홀로 존재하는 사물이나 사건은 없다는 것이다. 겉모습 밑으로 조금만 들어가면 만물은 다 서로 연결되어 있다. 각각의 개체는 지금 이 순간이 취하는 특정한 형태를 준 우주적 전체의 일부로서 존재하는 것이다.

지금 이 순간을 긍정하는 순간 나는 생명의 지혜와 힘과 조화를 이룬다. 그때 비로소 나는 이 세상에 긍정적인 변화를 가져오는 일도 할 수 있다.

$\backsim$

아주 단순하면서도 매우 혁신적인 정신 수행이 있다. 바로 지금 일어나는 것을 무엇이든 다 받아들이는 것이다. 내 안에서든 밖에서든 말이다.

지금 이 순간에 전념할 때 나는 생생히 깨어있음을 자각한다. 마치 꿈에서 깨어나듯 생각의 꿈에서, 그리고 과거와 미래의 꿈에서 막 깨어난 것이다. 그렇게 명료하고 그렇게 단순할 수가 없다. 문제가 생길 여지도 없다. 오직 있는 그대로의 이 순간이 있을 뿐.

마음을 가다듬고 지금 이 순간으로 들어서는 순간, 삶이 성스러움을 깨닫는다. 지금에 머무를 때 내가 인식하는 모든 것에 성스러움이 깃들어 있다. 지금 이 순간의 품 안에 더욱 많이 머물수록 삶의 소박하면서도 깊은 기쁨과 모든 생명의 성스러움을 더욱 절실히 느끼게 된다.

사람들은 대체로 '지금'을 '지금 일어나는 일'과 혼동한다. '지금'은 '지금 일어나는 일'보다 더 깊은 차원에 있다. '지금'은 그것이 일어나는 공간이다.

'지금 일어나는 일'은 '지금'에 담긴 내용물이다. '지금 이 순간'은 그 안에서 일어나는 어떤 내용물보다 더 깊다.

～

지금으로 한발 들어설 때 나는 마음속에 있는 내용물에서 한발 걸어나온 것이다. 멈출 줄 모르는 생각의 흐름도 조금은 느려진다. 이제 생각은 나의 모든 관심을 다 앗아가지는 않는다. 생각에 완전히 사로잡히지 않은 것이다. 생각과 생각 사이에 공백이 생긴다. 드넓음과 고요함. 나는 내가 '나의 생각'보다 얼마나 더 넓고 깊은 존재인지 깨닫기 시작한다.

～

생각, 감정, 지각을 비롯해 체험하는 모든 것이 다 내 삶의 내용물이 된다. '나의 삶'에서 나는 자아상을 얻고, '나의 삶'은 내용물이다. 적어도 나는 그렇게 믿는다.

나는 가장 확실한 사실을 계속 간과한다. 그것은 가장 깊은 곳에 존재하는 '나의 실체'는 내 삶에서 일어나는 일, 즉 삶의 내용물과는 상관이 없다는 사실이다. 나의 실체는 지금 이 순간과 하나이다. 그것은 언제나 변함이 없다. 어리든 늙었든, 건강하든 병들었든, 성공했든 실패했든, 나의 실체는 그리고 지금이라는 공간은 나의 가장 깊은 곳에 변함없이 존재한다. 내용물을 나의 실체로 착각하는 바람에 나는 나의 실체와 지금을 삶의 내용물을 통해서만 아주 희미하게 간접적으로 느낀다. 다시 말해서 나의 자아상은 환경과 사고의 흐름과 세상의 많은 일들로 인해 모호해지고, 지금 이 순간은 시간에 의해 모호해진다.

그렇게 나는 생명에 뿌리내리고 있음을 잊어버리고 세상 속에서 나를 잃어버린다. 인간이 본연의 자신을 잊어버릴 때 혼란, 분노, 우울, 폭력, 대립이 일어난다.

그럼에도 불구하고 진실을 기억해내고 집으로 돌아오기는 또 얼마나 쉬운가.

나의 생각과 감정과 지각과 경험은 내가 아니다. 내 삶의 내용물은 내가 아니다. 나는 생명이다. 나는 만물이 생성되는 공간이다. 나는 순수의식이다. 나는 지금 이 순간이다.

5

나의 참모습

당신의 삶에는 중요한 것이 많다. 하지만
절대적으로 중요한 것은 단 하나뿐이다. 다음 생에서
그 하나를 알지 못한다면 환생도
아무런 도움이 되지 않는다.

지금 이 순간은 가장 깊은 곳에 있는 당신의 참모습과 분리될 수 없다.

～

당신의 삶에는 중요한 것이 많다. 하지만 절대적으로 중요한 것은 단 하나뿐이다.

세상 사람들의 눈에는 당신이 성공했나 실패했나가 중요하다. 또한 당신이 건강한지 아닌지, 교육을 받았는지 못받았는지가 중요하다. 당신이 부자인지 가난한지가 중요하며 그것은 분명 당신의 삶에 영향을 미친다. 그렇다. 상대적 차원에서는 이 모든 것들이 다 중요하다. 하지만 그런 것들은 절대적 차원에서는 중요하지 않다.

그것들보다 더 더욱 중요한 무언가는 바로 당신의 참모

습이 무엇인지 그 실체를 찾는 것이다. 당신 스스로 만들어낸 일시적인 자아상을 넘어서 존재하는 그것을.

내면의 평화로움을 찾는 방법은 삶의 환경을 고치고 바꾸는 것이 아니라 가장 깊은 곳에 존재하는 당신 본연의 모습을 깨닫는 것이다.

〰

다음 생에서도 여전히 자신이 누구인지 알지 못한다면 환생은 아무런 도움이 되지 않는다.

〰

지구상에 존재하는 모든 고통은 '나'와 '우리'에 대한 잘못된 관념에서 나온다. 그것이 본연의 모습을 가려버린다. 내면의 실체를 알지 못하는 사람은 언제나 결국 자신을 고통 속에 가두고 만다. 간단한 이치이다. 내가 진정 누구인지 모를 때 나의 아름답고 성스러운 존재를 대체하기 위해 생각이 만들어낸 자아상에 매달리는 것이다. 두려움과 욕망에 지배당하는 자아에.

이제 그런 잘못된 자아상을 보호하고 치장하는 것이 내 삶의 목적이 된다.

～

사람들이 흔히 사용하는 말의 구조 속에는 이미 자신의 참모습을 모른다는 사실이 드러나 있다. '그는 자신의 생명을 잃었다'는 말, '나의 삶'이라는 말 속에는 마치 삶이나 생명이 소유하거나 잃을 수 있는 것이라는 생각이 들어 있다. 나는 생명을 가진 것이 아니다. 내가 바로 생명이다. 우주 전체에 충만한 '한 생명' 또는 '한 의식'이 잠시 한 형태를 취하여 돌맹이로, 풀잎으로, 동물로, 인간으로, 별로, 은하계로 체험을 즐기고 있는 것이다.

당신이 이미 그런 사실을 알고 있다는 것을 가슴 깊이 느껴보라. 당신은 이미 그것임을 느낄 수 있는가?

～

세상사에는 시간이 필요하다. 새로운 기술을 배우고 집을 한 채 짓고 전문가가 되는 일은 말할 것도 없거니와 차한 잔을 만드는 데도 시간은 필요하다. 하지만 삶의 가장 본질적인 일이자 진정 중요하고 유일한 일에는 시간이 아무런 소용이 없다. 그것은 바로 나를 깨닫는 일이다. 그것은 외형을 초월하고 이름과 형상을 초월하고, 나의 역사와 이야기를 초월하여 존재하는 본연의 나를 아는 일이다.

과거나 미래에서는 나를 찾을 수 없다. 나를 찾을 수 있는 유일한 곳은 바로 지금 이 순간이다.

구도자들은 깨달음과 자기실현을 미래에서 찾는다. 구도자가 된다는 것은 미래를 필요로 한다는 것을 의미한다. 당신이 그렇게 믿는다면 그것은 당신에게 진실이 된다. 다시 말해서 본연의 당신이 되기 위해 시간이 필요한 것이 아님을 깨닫는 그 순간까지는 시간이 필요할 것이다.

∽

나무를 보면 나무가 거기 있음을 안다. 생각이나 감정을 인식할 때는 생각이나 감정이 거기 있음을 안다. 기쁘고 고통스러운 체험을 할 때는 그런 체험이 거기 있음을 안다.

이 말은 틀림없는 사실인 듯 느껴지지만 찬찬히 뜯어보

면 미묘하고도 근원적인 착각을 담고 있다. 이는 언어를 사용할 때면 피할 수 없는 착각이다. 사고와 언어는 날카로운 이분법을 적용해 다른 것들과 분리된 인간존재를 만들어낸다. 그런 인간이 실제로는 없음에도 불구하고 말이다. 진실은 나는 나무를 인식하는 사람도 아니고, 사고 감정 체험이 거기 있음을 알아차리는 사람도 아니다. 나는 맑은 마음이다. 나는 순수의식이다. 나를 통해 사고 감정 체험은 나타날 수 있다.

삶을 살아가면서 자신이 맑은 마음임을 알 수 있겠는가? 그 안에서 당신 삶의 모든 내용이 하나씩 전개되는 그런 맑은 마음.

∿

당신은 말한다. '나는 자신을 알고 싶어.' 하지만 당신이 바로 '나'이다. 당신이 바로 앎이다. 당신이 바로 그를 통해 모든 것이 알려지는 순수의식이다. 그러므로 그것이 스스로를 알 수는 없다. 그것은 다만 그것 자체일 뿐.

그 이상으로 알아야 할 것은 아무것도 없다. 하지만 모든 앎은 다 그것에서 나온다. '나'는 그것 자체를 지식이

나 순수의식의 대상으로 만들 수가 없다.

그러므로 당신은 당신 자신에게 어떠한 대상이 될 수 없다. 그것이 바로 에고적 정체성이라는 착각이 일어나는 이유이다. 이미 당신은 마음에서 당신 자신을 대상으로 만들어버렸던 것이다. 당신은 말한다. "그게 나야." 그리고는 당신 자신과 관계를 만들어가면서 남들과 당신 자신에게 당신의 이야기를 들려주는 것이다.

당신 자신이 현상계의 존재들이 생성되는 맑은 마음임을 알 때 당신은 현상계에의 종속으로부터 자유로워진다. 이제 당신은 상황과 장소와 조건 속에서 자아상을 찾지 않는다. 다시 말해서 무슨 일이 일어나고 일어나지 않고는 별로 중요하지 않게 된다. 만물이 그 무거움과 심각함을 떨궈버린다. 당신 삶에 슬며시 장난기가 들어온다. 이제 세상은 우주의 춤이다. 형상의 춤, 그 이상도 그 이하도 아니다.

~

본연의 모습을 알 때 살아 있는 평화로움이 언제나 거기 있다. 그것을 기쁨이라 불러도 되겠다. 기쁨이란 바로 그렇게 생생하게 살아 있는 평화로움이니까. 그것은 생명이 아직 형상을 취하기 이전의 모습, 생명의 실체로서의 당신 자신을 아는 기쁨이다. 그것이 바로 존재의 기쁨, 당신 본연의 모습으로 사는 기쁨이다.

~

물이 고체 · 액체 · 기체로 존재하듯이 순수의식도 '동결되어' 물체로 존재하고, '액체화되어' 마음과 생각으로 존재하고, '형상을 여의어' 순수의식으로 존재한다.

순수의식은 형상화되기 이전의 생명이다. 그 생명이 '당신'의 눈을 통해 형상의 세계를 본다. 순수의식이 당신이니까. 당신이 그런 존재임을 알고 나면 당신은 세상만물 속에서 당신 자신을 보게 된다. 그것은 온전히 맑고 명료한 인식의 상태이다. 이제 당신에게는 무겁고 고통스러운 과거가 없다. 당신의 체험을 걸러주고 해석해주는 관념의 필터 역할을 하는 과거가.

아무런 해석 없이 지각작용이 이루어질 때 비로소 당신은 지각하는 주체가 무엇인지 알아볼 수 있다. 언어로 할 수 있는 최대한의 표현은 깨어 있는 고요함의 장 안에서 지각작용이 일어난다는 것이다.

'당신'을 통해서 형상을 여읜 순수의식이 자기 자신을 알아보게 된 것이다.

～

사람들의 삶은 욕망과 두려움의 지배를 받는다.

욕망은 무언가를 '더하여' 좀더 풍성해지려는 욕구이다. 반면 모든 두려움은 무언가를 '잃어' 자신이 작고 초라해지는 것에 대한 두려움이다.

이렇게 더하고 잃어버리는 두 가지 활동은 생명이란 것이 본래 줄 수도 빼앗을 수도 없다는 사실을 은폐한다. 풍요한 생명은 이미 지금 이 순간 당신 안에 존재한다.

6
수용과 순응

지금 이 순간을 아무 조건 없이 받아들일 때,
기적 같은 일이 생긴다. 불가능한 기대치를
버리는 순간 당신의 마음은 좀더
조화로워지고 좀더 평화로워진다.

기회가 있을 때마다 자신의 내면을 '바라보고' 자기도 모르는 사이 안과 밖 사이에 대립을 만들고 있지 않은지 살펴보라. 안이란 지금 당신 마음에 있는 생각과 감정 등을 말하고, 밖이란 지금 당신이 있는 장소, 함께 있는 사람, 하고 있는 일 같은 외부 환경을 말한다. 마음속에서 현실을 거부하는 것이 얼마나 고통스러운지 느낄 수 있는가?

그것을 깨닫고 나면 당신은 쓸데없는 대립을 선선히 놓아버릴 수 있다는 것도 깨닫는다. 당신 안의 내전 상태를.

마음속을 말로 다 표현할 수 있다면 '나는 지금 여기에 있고 싶지 않다'는 말을 하루에 몇 번이나 하게 될까? 지금 여기에 있고 싶지 않을 때 어떤 기분이 드는가? 교통 체증에 갇혀 있을 때, 직장이나 공항 대기실에서 오랫동안 기다려야만 할 때, 지금 옆에 있는 사람들이 싫을 때.

～

물론 살다 보면 그저 떠나는 것이 나은 경우도 있긴 하다. 때로는 그것만이 가장 합당한 선택인 경우도 있다. 하지만 떠나는 것이 선택이 아니라 그저 꿈에 불과한 그런 경우가 실은 더 많다. 그런 경우 '나는 지금 여기 있고 싶지 않다'는 생각은 아무런 소용도 없고 아무런 도움도 되지 않는다. 오히려 나와 남을 다 불행하게 한다.

'당신이 어디를 가든 그곳에 당신이 있다.'는 말이 있다. 다시 말해서 당신은 여기 있다. 언제나. 그것이 그렇게도 받아들이기 힘든가?

～

당신의 모든 지각작용과 체험을 꼭 그렇게 마음속에서 이름표를 붙이고 분류를 해야만 하는가? 삶을 대함에 있어서 아주 좋아하거나 아주 싫어하는 대립적 반응을 반드시 해야 하는가? 그렇게 해서 당신에게 다가오는 사건이나 사람들과 끊임없이 갈등 관계를 이루어야만 하는가?

실은 그런 것들은 다만 마음의 습성일 뿐 하시라도 버릴 수 있는 것이 아닐까? 그렇게 하려면 무언가를 해야 하는 것이 아니다. 다만 이 순간을 있는 그대로 존재할 수 있도록 내버려두면 된다.

～

습관적이고 반발적인 '아니오'는 에고를 더욱 강하게 하는 반면 '예'는 그것을 약화시킨다. 형상에 정체성을 두는 에고는 당신이 지금 이 순간에 순응하는 순간 더 이상 살아남지 못한다.

～

당신은 말한다. '할 일이 산더미처럼 쌓였다.' 그렇다. 하지만 당신이 하는 일의 질은 어떠한가? 일터로 차를 운전하고 고객과 대화하고 컴퓨터 작업하고 자질구레한 일을 처리하며 나날의 삶을 살기 위한 수많은 일들을 할 때 당신은 얼마나 전념하여 일을 하는가? 당신의 일은 순응한 것인가 순응하지 못한 것인가? 그것이 바로 당신 삶의 성공 여부를 결정하는 요인이다. 노력을 얼마나 했느냐가 아니다. 노력이란 긴장과 스트레스를 수반하며 미래에 일정 지점에 도달할 '필요성'을 뜻하며 특정의 결과를 이루어야 함을 의미한다. 당신의 마음속에 지금 하고 있는 일을 '하고 싶지 않다'는 심정이 조금이라도 있음을 감지할 수 있는가? 그것은 삶을 부정하는 일이므로 당연히 진정한 성공은 불가능하다.

마음속에 그런 심정이 있음을 감지했다면 즉시 그 마음을 버리고 지금 하는 일에 몰입할 수 있는가?

～

불교의 선사는 선의 정수가 무엇이냐는 질문에 '한 번에 한 가지 일만 하는 것'이라 말했다.

한 번에 한 가지 일만 한다는 것은 내가 하는 일에 몰입하는 것, 그것에 나의 온전한 마음을 다 주는 것을 말한다. 그것이 바로 순응하는 것이다.

～

있는 그대로의 현실을 받아들이고 수용할 때 깊은 차원에 도달할 수 있다. 그곳에서 마음은 더 이상 사고가 판가

름하는 '선'과 '악'에 좌우되지 않는다.

삶의 '현재성'에 '예'라고 할 때, 이 순간을 있는 그대로 받아들일 때 깊은 여유로움과 평화를 느낄 수 있다.

언뜻 생각하면 맑은 날에는 행복하고 비내리는 날에는 별로 행복하지 않을 것 같다. 10억원짜리 복권에 당첨되면 행복하고 전 재산을 잃으면 불행할 것 같다. 하지만 행복도 불행도 마음의 깊은 차원까지는 가 닿지 못한다. 그것들은 다만 삶의 표면에서 떠도는 파문일 뿐이다. 내 안 깊숙한 곳에 존재하는 평화로움은 외부 조건이 어떻든 상관없이 늘 변함이 없다

있는 그대로의 현실에 '예'라고 할 때 내 안에 깊은 차원의 세계가 모습을 드러낸다. 어떤 외부 조건에도 아무런 영향을 받지 않을 뿐만 아니라 사고와 감정이 파도처럼 출렁거리는 내부 조건에도 아무런 영향을 받지 않는 그런 세계가.

〜

내게 다가오는 모든 체험은 그저 잠시뿐이라는 것, 더

붙어 세상은 지속적인 가치를 지닌 그 어떤 것도 내게 줄 수 없다는 것을 깨달을 때 순응이 가능해진다. 순응한 사람이 그렇지 못한 보통 사람과 다른 점은 이전처럼 사람들을 만나고 활동에 몰두한다 해도 더 이상 에고가 흔드는 대로 욕망과 두려움에 지배당하지 않는다는 것이다. 다시 말해서 이제 더 이상은 어떤 상황에 처하거나 어떤 사람을 만나거나 어떤 장소에 있어야만 만족하고 행복하리라고 기대하지 않는 것이다. 그런 것들이 불완전하고 무상한 것임을 인정하고 수용하는 것이다.

그러고 나면 기적 같은 일이 생긴다. 불가능한 기대치를 버리는 순간 갑자기 모든 상황과 사람, 모든 장소와 사건이 두루 다 마음에 드는 것이다. 더불어 당신의 마음은 좀더 조화로워지고 좀더 평화로워진다.

～

지금 이 순간을 아무런 조건 없이 받아들일 때, 있는 그대로의 현실과 더 이상 싸우지 않을 때 당신의 마음속에는 생각을 해야만 한다는 강박관념이 줄어들고 그만큼 깨어 있는 고요함이 늘어난다. 당신의 의식은 백 퍼센트 깨어 있지만 지금 이 순간에 어떤 이름도 붙이려 하지 않는다.

이렇게 마음속의 저항을 다 내려놓을 때 생각하는 마음보다 무한히 더 크고 아무런 걸림도 없는 순수의식이 열린다. 이 드넓은 지혜는 당신을 통해서 발현되어 당신의 안과 밖에서 당신을 돕는다. 마음속의 저항을 놓아버릴 때 주변 상황이 좋아지는 것은 바로 그런 이유 때문이다.

～

그렇다면 지금 당신에게 '지금 이 순간을 즐기며 행복하라'고 말하고 있는 것일까? 그렇지 않다.

그저 지금 이 순간의 '그러함[如如]'을 그대로 두어라. 그것으로 충분하다.

～

여기서 순응이란 '지금 이 순간'에의 순응을 말한다. 당신의 이야기에 순응하라는 것이 아니다. 지금까지 당신은 이야기를 통해 지금 이 순간을 해석하고 그에 따라 삶을 살아왔다.

예를 들어 나에게 어떤 장애가 생겨 걸을 수 없게 되었다고 가정하자. 이 상황은 그저 상황일 뿐이다.

하지만 나의 마음은 나의 장애를 나름대로 해석하여 이런 이야기를 만들어낸다.

'나는 결국 이런 꼴이 되고 말았어. 휠체어에 처박힌 신세라니. 너무나 잔인한 삶이야. 인생은 너무나 불공평해. 왜 나만 이런 비참한 꼴을 당해야 돼?'

당신은 지금 이 순간을 있는 그대로 받아들이고 마음이 지어낸 이야기와 혼동하지 않을 수 있는가?

∿

'왜 하필 나야?'라고 되묻지 않을 때 순응은 온다.

∿

가장 고통스럽고 받아들일 수 없는 상황 속에 가장 깊은 선善이 감추어져 있다. 모든 재난 속에는 사랑의 씨앗이 들어 있다.

역사를 돌이켜보면 커다란 상실과 질병을 겪은 사람들,

감옥에 갇혔거나 곧 죽음을 맞이할 사람들이 전혀 받아들일 수 없었던 것을 받아들이고 마침내 평화를 얻은 것을 볼 수 있다.

받아들일 수 없는 것을 받아들일 때 이 세상에서 가장 큰 사랑이 찾아온다.

～

살다 보면 어떤 답이나 설명도 전혀 통하지 않는 상황이 있다. 삶이 도대체 말이 안 되는 것이다. 때로는 고통 받는 사람이 찾아와 도움을 청하는데 도대체 무슨 말을 해야 할지 무엇을 해주어야 할지 도무지 모르는 경우도 있다.

하지만 내가 답을 모른다는 현실을 완전히 받아들일 때 나는 더 이상 나를 가두고 제한하는 생각을 통해 답을 찾으려고 애쓰지 않게 된다. 그렇게 현실을 완전히 수용해버리면 더욱 큰 지혜가 나를 통하여 작용할 수 있다. 이제는 생각을 하더라도 더 좋은 생각이 떠오른다. 더 큰 지혜가 생각 안으로 들어와 영감을 주기 때문이다.

순응은 이해하려고 애쓰는 마음을 거두고 모른다는 사

실에 편안해지는 일이다.

～

혹시 당신의 주위에 자신과 남에게 고통을 주고 불행을 전염시키는 것을 즐거움 삼아 살아가는 사람이 있는가? 그렇다면 그를 용서하라. 그 사람도 인류가 깨달음으로 가는 대열의 동참자이다. 그가 맡은 역할은 에고에 갇힌 의식을 과장해서 보여주는 것, 순응하지 않는 마음이 어떤 것인지를 보여주는 역할이다. 그의 행동은 개인적인 것이 아니다. 그의 본래 모습은 그렇지 않다.

～

순응이란 저항이 수용으로 바뀌는 것, '아니오'가 '예'로 바뀌는 것이다. 당신이 순응할 때 이전에 대립과 비판을 일삼던 에고는 이제 대립과 비판을 부드럽게 감싸안는 공간으로 변화한다. 이전에 생각이나 감정처럼 형상을 지닌 것이 나라고 생각했다면 이제는 형상을 여읜 광대한 마음이 나라는 것을 아는 것이다.

무엇이든 저항 없이 온전히 수용할 때 평화는 찾아온다. 거기에는 내가 무언가를 받아들일 수 없다는 사실, 그래서 저항하고 있다는 사실을 수용하는 것까지도 포함된다.

삶을 내버려두어라. 상관하지 말라.

7
자연

꽃 한 송이가 발하는 고요함과 평화로움은
자연이 내게 주는 선물이다.
그로 인해 생겨나 두루 퍼지는 나의 맑은
마음은 내가 자연에게 선사하는 선물이다.

인간은 단지 육체적 생존만을 자연에 의존하고 있는 것은 아니다. 인간은 고향집으로 가는 길, 생각이 만든 감옥을 빠져나오는 길을 찾는 데도 자연에 의존한다. 인간은 늘 무언가를 생각하고 행하느라 정신이 없다. 인간은 과거의 추억에 잠겨 있지 않으면 미래에의 기대에 가득 차 있다. 그런 와중에 문제로 점철된 삶의 미로에서 길을 잃어버리고 만다.

바위도 식물도 동물도 알고 있는 일을 우리 인간은 까맣게 잊어버렸다. 인간은 존재하는 방법, 마음을 고요하게 하는 방법, 자기 자신이 되는 방법, 삶이 있는 지금 여기에 존재하는 방법을 잊어버렸다.

～

자연에 전념할 때, 즉 인간의 손을 거치지 않은 채 이 세상에 존재하게 된 것에 온 마음을 둘 때 나는 생각의 감옥에서 한 발짝 걸어 나와 생명과 연결될 수 있다. 그 안에는 모든 자연스러운 것들이 여전히 존재하고 있다.

돌 하나, 나무 한 그루, 개 한 마리에 온 마음을 둔다는 것은 그것에 대해 생각하는 것이 아니다. 단지 돌 하나를 지각하고 나의 맑은 마음속에 온전히 두는 것이다.

그렇게 할 때 돌의 실체 중 무언가가 나에게 다가온다. 그 돌이 너무나 고요함을 느끼면서 나도 모르는 새 동일한 고요함이 내 안에서 솟아오른다. 그 돌이 얼마나 존재 안에서 깊이 쉬고 있는지, 얼마나 온전히 돌 자신의 본래 모습과 하나가 되고, 지금 그것이 거하는 장소와 하나가 되어 있는지 느낀다. 그와 함께 나도 내 안으로 깊이 들어가 안식의 장소에 이른다.

∿

자연의 품에서 걷고 쉴 때에는 거기에 온몸과 온 마음을 두어야 자연에 경의를 표할 수 있다. 마음을 고요히 하고 바라보라. 귀 기울여 들어보라. 자연에 존재하는 풀 한 포기, 뛰어노는 동물 한 마리가 다 온전히 제 자신으로 존재함을 보라. 인간과는 달리 그들은 제 자신을 둘로 분열시킬 줄 모른다. 그들은 제 자신의 이미지를 만들 줄도 모르고 그 이미지를 통해서 삶을 살아가는 법도 모른다. 그러니 이미지를 더 멋지게 꾸미거나 보호하려고 애쓰지도 걱정하지도 않는다. 사슴은 그저 사슴일 뿐이다. 수선화도 그저 수선화일 뿐이다.

자연에 존재하는 모든 것은 다 제 자신과 하나일 뿐만 아니라 완전한 전 우주와도 하나가 되어 있다. 그들은 우주를 '나'와 '나머지 존재들'로 갈라놓지 않았기에 제 자신을 분리된 존재로 주장하지 않는다. 그들은 그물망처럼 연결된 전체 생명의 일부로 존재한다.

자연을 명상하면 자유로워진다. 언제나 문제를 일으키는 '나'로부터 해방된다.

자연의 섬세한 소리에 맑은 마음을 가져가보라. 바람에 나뭇잎이 서걱이는 소리, 빗방울 떨어지는 소리, 풀벌레 우는 소리, 새벽녘 새의 첫울음소리에 귀 기울여보라. 소리를 듣는 일에 전념하라. 귀에 들리는 그 소리 너머에 무언가 위대한 것이 있다. 생각으로는 도저히 가늠할 수 없는 성스러움이 거기 있다.

～

나의 몸을 창조한 것은 내가 아니다. 내 몸의 기능을 통제할 수 있는 것도 내가 아니다. 인간의 마음보다 훨씬 더 큰 지혜가 거기 작용하고 있다. 바로 자연을 살리고 지속시켜주는 지혜이다. 그 지혜에 닿을 수 있는 유일한 방법은 내 안의 에너지 장을 느끼는 것이다. 몸 안으로 들어가 팔딱이는 그 무엇의 존재와 생명의 느낌을 맛보아라.

～

강아지와 그 주인을 잘 살펴보라. 장난에 몰두한 강아지의 기쁨, 언제라도 삶을 마음껏 누리고 축하하려는 강아지의 조건 없는 사랑을 보라. 그리고 이와 극단적인 대조를 이루는 주인의 마음을 보라. 삶의 시련이라는 짐을 짊어지고 생각에 잠긴 그는 의기소침하고 불안하다. 그의 삶에 주어진 오직 하나뿐인 집인 여기에 그는 없다. 그의 삶에 주어진 오직 하나뿐인 시간인 지금에도 그는 없다. 당신은 궁금해지지 않는가? 이런 사람과 살면서도 강아지는 어떻게 기쁨과 온 정신을 잃지 않는지 말이다.

∿

자연을 오직 머리로만 인식하려 할 때 그 생동감과 생명을 느낄 수 없다. 눈에 들어오는 것은 오직 외형뿐, 그 겉모습 속에 담긴 생명, 성스러운 신비함은 알 수 없다. 생각은 자연을 지식 추구나 이윤 추구와 같이 실용적인 목적으로 이용하는 상품으로 격하시킨다. 고대의 숲은 목재가 되고, 새는 연구 대상이 되며, 산은 광산 채굴권이나 정복의 대상이 되어버린다.

자연을 볼 때, 우선 마음속에 아무런 생각도 없는 공간을 만들어라. 이렇게 다가갈 때 자연도 당신에게 다가와 인간 의식을 진화시키고, 나아가 지구 의식의 진화에도 참여할 수 있다.

∿

꽃 한 송이가 지금 여기에 온전히 존재하는 모습, 삶에 완전히 순응한 모습을 보라.

~

집에서 기르는 꽃이나 나무를 진정 바라본 일이 있는가? 우리가 편의상 식물이라고 부르는 그 꽃이, 익숙하면서도 한편으로 신비로운 존재인 그 꽃이 자신의 비밀을 가르쳐줄 수 있도록 허용한 적이 있는가? 그 꽃이 얼마나 깊이 평화로운지 보았는가? 꽃 한 송이가 발하는 고요함과 평화로움을 느끼는 순간 그 꽃은 당신의 스승이 된다.

~

동물 한 마리, 꽃 한 송이, 나무 한 그루가 삶 속에서 쉬는 모습을 보라. 그것이 본연의 모습으로 존재함을 보라. 가늠할 수 없는 당당함과 순수함과 성스러움이 거기 있다. 하지만 그 모습을 볼 수 있으려면 우선 사물에 이름표를 붙이고 분류하는 마음의 습관을 넘어서야 한다. 그때, 생각으로는 이해할 수 없는 차원, 감각으로는 지각할 수 없고 말로는 형언할 수 없는 자연의 차원을 느낄 수 있다. 그것은 조화로움이다. 그것은 전체의 자연뿐 아니라 내 안에도 고루 스며 있는 성스러움이다.

～

　내가 숨쉬고 있는 공기는 자연이다. 숨쉬는 과정 그 자체도 자연이다.

　나의 호흡을 잘 살펴보면 호흡을 통제하는 것이 내가 아님을 알 수 있다. 그것은 자연의 숨결이다. 만약 숨쉬는 법을 기억해야만 한다면 나는 곧 죽고 말 것이다. 만약 호흡을 멈추려고 시도한다면 곧 자연이 주도권을 잡을 것이다.

　나의 호흡을 바라보고 온 마음을 거기 두는 법을 배울때 나는 가장 내밀하고 강렬하게 자연과 다시 하나가 된다. 그로부터 나는 치유되고 저 깊은 곳에서 힘이 솟아난다. 거기서 의식의 전환이 일어난다. 생각과 개념으로 이루어진 외부적 의식 세계가 이제 걸림 없는 순수의식인 내면의 의식 세계로 변화한다.

～

　자연은 내가 생명과 다시 하나가 될 수 있도록 나를 이끌어주는 스승이다. 하지만 나에게 자연이 필요하듯이 자연에게도 내가 필요하다.

나는 자연에서 분리된 존재가 아니다. 나는 우주 전체에 무수히 많은 형태로 모습을 나타내는 '한 생명'의 일부이다. 그 무수한 형태는 모두 서로 온전히 연결되어 있다. 꽃 한 송이, 나무 한 그루가 성스러움, 아름다움, 깊은 고요함과 당당함 속에 거하는 것을 내가 바라볼 때 나는 그 꽃과 나무에게 무언가를 보태는 것이다. 나의 인식과 맑은 마음을 통해서 자연 역시 제 자신을 알게 된다. 자연은 바로 나를 통해서 자신의 아름다움과 성스러움을 알게 되는 것이다.

~

드넓고 고요한 공간이 자연의 모든 것을 감싸안고 있다. 나 역시 그 공간에 감싸여 있다.

~

내면이 고요할 때만 나는 바위, 풀, 동물이 머무르는 고요함의 영역에 다가갈 수 있다. 마음의 소란함이 잦아들 때만 깊은 차원에서 자연과 하나 되어, 지나친 사고 작용이 만들어낸 분리된 존재라는 느낌을 넘을 수 있다.

생각은 생명 진화의 한 단계이다. 자연은 생각이 생겨나기 이전에 존재하는 순진무구한 고요함 속에 머무른다. 나무, 꽃, 새, 바위는 스스로의 아름다움과 성스러움을 알지 못한다. 인간은 고요해지면 생각 저편으로 넘어간다. 생각 저편의 고요함 안에는 앎과 맑은 마음의 차원이 존재한다.

자연은 나를 고요함으로 이끌어갈 수 있다. 그것은 자연이 내게 주는 선물이다. 내가 고요함의 장 안에서 자연을 지각하고 자연과 함께 할 때 그 안에 나의 맑은 마음이 두루 퍼진다. 그것이 내가 자연에게 주는 선물이다.

나를 통해 자연은 자신을 알게 된다. 자연은 수백만 년 동안 늘 그러했듯이 지금도 나를 기다리고 있는 것이다.

8

관계

궁극적으로 남이란 없다. 나는 언제나
나 자신을 만나고 있을 뿐이다.
지금 이 순간의 여유로움 안으로 누가 들어오든
다 귀한 손님으로 맞이하라.

한 인간에 대해 우리는 너무나 성급하게 판단하고 결론을 내려버린다. 한 인간을 피상적으로 분류하고 그에게 개념적 정체성을 부여하고 독선적인 비판을 하면서 에고는 매우 만족스러워한다.

인간은 특정 방식으로 생각하고 행동하도록 길들여져 왔다. 유전적 특성은 말할 것도 없고 어린시절의 체험 및 자라온 문화적 환경의 영향을 받는다.

하지만 그것은 그들 본연의 모습이 아니라 그런 것처럼 보이는 모습일 뿐이다. 누군가가 어떤 사람이라는 판단을 내릴 때 우리는 그의 길들여진 마음의 양상을 본연의 모습과 혼동한다. 그런 판단 행위 자체도 습관적이고 무의식적인 마음의 양상이다. 내가 그에게 개념적 정체성을 주는 순간 그것은 그와 나를 동시에 가두어버린다.

여기서 인간을 판단하지 말라는 말은 그가 하는 행동에 눈을 감으란 뜻이 아니다. 다만 그의 행동을 길들여진 양상으로 인식하고 수용하라는 뜻이다. 그의 정체성을 그것에만 근거해서 수립하지는 말라는 것이다.

그렇게 할 때 당신뿐 아니라 그 사람도 습관, 형식, 생각이 바로 그 사람이라고 동일하게 여기는 것에서 해방된다. 이제 에고는 더 이상 당신의 인간관계를 지배하지 않는다.

∽

에고가 삶을 지배하는 동안 나의 생각, 감정, 행동은 거의 모두 두려움과 욕망에서 나온다. 그러면 인간관계에서도 상대에게서 무언가를 원하거나 상대의 무언가를 두려워하게 된다.

내가 그에게 원하는 것은 인정, 칭찬, 관심, 즐거움과 물질이다. 또는 비교를 통해 내가 더 많이 가졌다, 내가 더 많이 안다는 우위를 점유하여 내가 돋보이는 것이다. 반면 내가 두려워하는 것은 그 사람 때문에 내가 초라해지는 것이다.

지금 이 순간을 목적을 위한 수단이 아니라 전념의 대상으로 삼을 때 에고를 넘어설 수 있다. 남을 깎아내림으로써 나를 돋보이게 하기 위해 사람들을 이용하려는 무의식적인 충동도 넘어설 수 있다. 내 앞에 있는 사람에게 온 마음을 다 줄 때, 그와 나의 인간관계에서 과거와 미래가 다 사라지고 다만 실제적인 것에만 집중할 수 있다. 누구를 만나든 그와 온전히 함께 할 수 있을 때 그에 대한 개념적 정체성을 넘어서서 두려움이나 욕망에 휘둘리는 일 없이 그와 대화할 수 있다. 개념적 정체성이란 그가 누구이고 과거에는 무엇을 했다는 내 나름의 주관적 판단을 말한다. 중요한 것은 전념, 즉 깨어 있는 고요함이다.

인간관계에서 두려움과 욕망을 넘어서는 것은 얼마나 멋진 일인가. 사랑은 그 무엇도 원하지도 두려워하지도 않는다.

∿

그녀의 과거가 나의 과거이고, 그녀의 고통이 나의 고통이며, 그녀의 의식 수준이 나의 의식 수준이라면 나도 꼭 그녀처럼 생각하고 행동했을 것이다. 그것을 깨달을 때 용서와 자비 그리고 평화로움이 온다.

하지만 에고는 이런 말을 듣기 싫어한다. 더 이상 대립하지 않고 독선도 부릴 수 없다면 에고는 힘을 잃어버리고 말기 때문이다.

〰

지금 이 순간의 여유로움 안으로 누가 들어오든 다 귀한 손님으로 맞이할 때, 그가 자신의 모습 그대로 존재하도록 내버려둘 때 그는 변하기 시작한다.

〰

한 사람을 진정 제대로 알려면 그에 '대한' 어떤 것도 알 필요가 없다. 그의 과거와 역사, 그의 이야기를 알 필요가 없다. 사람들은 '무엇에 대한 앎'과 '개념을 떠난 깊은 앎'을 혼동한다. 이 두 가지 양식의 앎은 서로 차원이 다르다. 전자는 형상에 속해 있고, 후자는 형상을 떠나 있다. 전자는 생각을 통해서 작용하고, 후자는 고요함을 통해서 작용한다.

'무엇에 대한 앎'은 실용적인 목적에 유용하다. 실용적 수준의 일에서는 그것이 필수불가결한 요소이다. 하지만 인간관계에서 '무엇에 대한 앎'이 주도권을 잡을 때 삶은 격하되며 심지어 파괴되기까지 한다. 사고와 개념은 인위적인 장벽을 만들어 사람들을 갈라놓는다. 그렇게 되면 사람들의 대화와 교류는 존재가 아니라 생각에 뿌리를 두게 된다. 생각의 장벽이 없을 때 사랑은 자연스럽게 모든 인간관계에 스며든다.

~

인간의 대화와 교류는 대체로 말을 주고 받는 것에 한정되어 있다. 즉 사고의 영역에. 그렇기 때문에 반드시 약간의 고요함이 필요하다. 특히 가까운 관계에는 더욱 필요하다.

고요함이 가져오는 드넓은 공간의 여유로움 없이는 어떤 인간관계도 자라날 수 없다. 그와 함께 자연 속에서 명상하라. 고요한 시간을 함께 하라. 그와 자연 속으로 산책을 가고 함께 차 안에 앉아 있으라. 집에 있을 때에도 고요함 속에 함께 있는 것이 익숙하고 편안해야 한다. 고요함은 만들어낼 수 있는 그런 것이 아니며 또 그럴 필요도 없다. 고요함은 이미 여기 존재한다. 다만 소란한 마음이 가리고 있을 뿐이다. 그러니 그저 마음을 열고 고요함을 받아들이기만 하면 된다.

　드넓은 고요함이 없다면 인간관계는 생각의 지배를 받아 문제와 갈등에 사로잡히기 쉽다. 하지만 고요함이 있다면 무엇이든 다 끌어안을 수 있다.

〜

　인간관계에 고요함을 가져가는 또 다른 방법으로 깊이 듣기가 있다. 누군가의 말에 진정 귀기울일 때 고요함의 차원이 내면에서 솟아올라 관계의 중심에 자리한다. 하지만 깊이 듣기의 기술을 제대로 습득한 사람은 거의 없다. 대체로 사람들의 마음은 생각으로 가득 차 있기 때문이다. 기껏해야 그들은 당신이 한 말을 마음속으로 비판하거나 당신의 말이 끝난 다음 대꾸할 말을 준비하고 있을 것이다. 심지어는 당신의 말은 전혀 듣지도 않고 혼자만의 생각에 빠져 있을 수도 있다.

　깊이 듣기는 소리를 듣는 지각 작용을 훨씬 넘어선 곳에 있다. 깨어 있는 고요함이 내면에서 솟아올라 현존의 공간이 생성되고 그 안에서 상대의 말을 수용하는 것이다. 그 안에서 말은 이차적인 것이 된다. 말 자체는 의미가 있을 수도 없을 수도 있다. 말보다 훨씬 더 중요한 것은 듣는 행위이며 또한 듣는 사람 안에서 솟아오르는 순수의식의 공간이다. 그곳은 의식이 통일되는 장소이다. 생각이 만들어낸 분리의 장벽 없이 상대를 만나는 곳이다. 이제 상대는 더 이상 '남'이 아니다. 그 공간 안에서 당신과 상대는 하나가 된다. 하나의 맑은 마음, 하나의 순수의식이 된다.

～

당신은 가까운 관계에서 똑같은 일이 자주 되풀이되는 것을 느끼는가? 사소한 의견의 불일치가 종래에는 격한 싸움으로 번져 감정적 고통을 겪는가?

이런 일의 근저에는 에고의 기본적 습관이 깔려있다. 바로 나는 당연히 '옳고' 너는 당연히 '틀린' 것이다. 또한 특정의 사물이나 사람과 주기적으로 대립하는 상황을 만들려는 에고의 습관도 한 몫 한다. '나'와 '남'을 분리하지 않으면 살아남을 수 없는 것이 에고이기 때문이다.

뿐만 아니라 너나없이 모든 인간의 내면에 누적되어온 감정의 고통이 있다. 이는 개인의 과거에서도 오지만 아주 오랜 옛날부터 인류가 겪어온 집단적 고통의 체험에서도 온다. 내면의 에너지장인 이 '고통의 몸'은 때로 우리를 완전히 장악한다. 고통의 몸이 살아가려면 더 많은 감정적 고통이 필요하기 때문이다. 고통의 몸은 우리의 생각을 지배하여 극히 부정적인 것으로 만든다. 부정적 생각과 주파수가 딱 맞는 고통의 몸은 가까운 사람들을 자극하여 부정적 감정이 나오도록 부추긴다. 특히 파트너를 건드려놓고는 눈앞에 전개되는 고통의 해프닝을 즐긴다.

삶을 너무나 힘들게 만드는 고통의 몸, 내 몸 깊은 곳에 자리한 고통과의 무의식적인 일체화에서 탈피하는 방법은 무엇일까?

알아차리면 된다. 과거의 고통이 내가 아님을 알며 그저 과거의 고통이라고 알아차리면 된다. 고통이 나와 파트너의 내면에서 일어날 때 잘 지켜보라. 무의식적인 일체화를 깨어버리면, 그래서 내 안에서 고통의 움직임을 관찰할 수 있게 되면 고통으로 공급되던 에너지가 차단된다. 그러면 고통의 몸은 조만간 힘을 잃게 된다.

～

때로 인간관계는 지옥이다. 때로 인간관계는 커다란 정신 수행이다.

～

다른 사람을 보고 큰 사랑을 느낄 때, 자연의 아름다움을 관조할 때 내면의 무언가가 깊이 감응한다. 잠시 눈을 감고 그 사랑의 실체를 느껴보라. 나의 본연의 모습, 나의 실체와 분리될 수 없는 내면의 아름다움이 무엇인지 느껴보라. 나의 겉모습은 내면의 나, 실체의 나를 일시적으로 담고 있을 뿐이다. 그러므로 겉모습은 나를 떠나겠지만 사랑과 아름다움은 결코 나를 떠나지 않을 것이다.

～

나는 사물의 세계와 어떤 관계를 가지고 있나? 나를 둘러싸고 있는 셀 수 없이 많은 물건들, 내가 매일 다루는 물건들과 말이다. 내가 앉는 의자, 글을 쓰는 펜, 차와 컵들은 내게 단지 목적을 이루기 위한 수단일 뿐인가? 나는 가끔씩 아주 잠시라도 그것들에 주목하고 온전히 전념함으로써 그것들의 존재와 삶을 인정해주는가?

사물에 집착하고, 나와 남의 눈에 나의 가치가 올라가 보이도록 하기 위해 사물을 이용하고 있다면 사물에 대한 관심이 내 삶을 지배하게 된다. 사물과 나를 동일시할 때 나는 사물을 있는 그대로 보지 못한다. 사물 안에서 나를 찾기 때문이다.

사물을 있는 그대로 볼 때, 기존 관념의 투영 없이 그 존재를 인정할 때 당신은 사물에 감사하지 않을 수 없다. 동시에 그것이 정말 생명이 없는 것이 아니라 다만 당신의 감각에 그렇게 느껴질 뿐이라는 사실도 알 수 있다. 물리학자들은 분자적 차원으로 내려가면 사물의 실체가 진동하는 에너지장임을 이미 증명했다.

사물의 영역을 봄에 있어 '나'가 개입하지 않을 때 주변 세상은 생각만으로는 이해할 수 없는 방식으로 되살아난다.

～

누군가를 만났을 때 비록 순간에 불과하더라도 당신은

그 사람에게 온전히 집중함으로써 그의 존재를 인정하는가? 아니면 그 사람을 다만 목적을 위한 수단으로, 하나의 기능이나 역할로 격하시키는가?

슈퍼마켓 계산원과 당신의 관계는 어떠한가? 주차관리원은? 수선공은? 고객은?

잠시만 전념하면 충분하다. 그 사람을 바라보거나 그의 말을 들을 때 2,3초 정도 생생한 고요함이 자리하면 된다. 우리가 평소 행하고 동일화하는 역할 이상의 실체적인 것이 나타나려면 그 정도면 충분하다. 모든 역할은 인간의 마음이라는 습관화된 의식의 일부이다. 온전한 전념을 줄 때 나타나는 것은 습관화되기 이전의 것이다. 나의 이름과 형상 밑에 있는 나의 실체이다. 이제 나는 더 이상 대본을 연기하는 배우가 아니다. 나는 현실에 존재하는 사람이 된다. 그 차원이 나의 내면에서 솟아오를 때 남의 내면에서도 같은 차원을 이끌어낸다.

물론 궁극적으로는 남이란 없다. 나는 언제나 나 자신을 만나고 있을 뿐이다.

9
죽음과 영원

죽음은 삶의 반대가 아니다. 삶에는 반대가
없다. 죽음의 반대는 탄생이다. 그리고 삶은 영원하다.

인간의 손길이 닿지 않은 야생의 숲 속을 지나노라면 온갖 생명이 풍요롭다. 하지만 몇 발자국마다 쓰러진 나무들, 삭아 들어가는 나뭇등걸, 썩어가는 나뭇잎이 있어 물질의 해체를 보게 된다. 어디를 둘러보아도 삶과 죽음이 동시에 존재한다.

하지만 좀더 깊이 살펴보면 삭아 들어가는 둥치와 썩어가는 나뭇잎은 새 생명을 태어나게 할 뿐만 아니라 썩어가는 과정에서도 생명으로 가득한 것을 알 수 있다. 미생물이 일을 하고 있는 것이다. 분자들이 스스로 재배치되고 있다. 그곳 어디에도 죽음은 없다. 다만 생명의 형태가 바뀌는 변태만이 있을 뿐이다. 여기서 우리는 무엇을 배울 수 있을까?

죽음은 삶의 반대가 아니다. 삶에는 반대가 없다. 죽음의 반대는 탄생이다. 그리고 삶은 영원하다.

～

　역사를 통해 현자들과 시인들은 인간의 삶이 꿈과 같음을 인식하였다. 겉으로는 그렇게 탄탄하고 현실인 듯 보이나 그럼에도 불구하고 너무나 순간적이라서 한시라도 사라질 수 있는 그런 것 말이다.

　죽음의 순간에 지나간 삶을 뒤돌아본다면 마치 이제 막 끝나려는 꿈과도 같을 것이다. 하지만 꿈속에서도 진정 존재하는 실체는 있을 것이다. 꿈이 일어나는 의식이 있을 것이다. 그렇지 않다면 꿈은 없을 테니까.

　그 의식은 몸이 만드는 것인가, 또는 의식이 몸이라는 꿈을 만드는 것인가? 아니면 다른 이의 꿈을 만드는가?

　임사체험을 겪은 사람들은 왜 대부분 죽음에 대한 공포가 없어졌을까? 곰곰이 생각해보라.

～

　물론 나는 조만간 죽으리라는 것을 알고 있지만 그래도 직접적으로 맞닥뜨릴 그날까지 내게 죽음은 다만 추상적 개념으로 존재할 뿐이다. 주변 사람이나 내가 심한 병에 걸렸거나 사고를 당했을 때 또는 사랑하는 사람이 죽었을 때 비로소 나도 죽어야 할 운명이라는 실감이 들고 그제서야 죽음은 내 삶 안으로 들어온다.

사람들은 대체로 두려움 때문에 죽음을 외면한다. 하지만 그에 움츠러들지 말고 내 몸이 무상하며 한시라도 해체될 수 있다는 사실을 직면한다면 이 몸과 마음의 형상이 나라는 생각에서 조금은 벗어날 수 있다. 모든 존재의 형상이 무상한 것임을 인정하고 받아들일 때 이전에는 몰랐던 평화로움이 찾아온다.

죽음을 직면함으로써 나의 의식은 형상과의 동일화에서 어느 정도 자유로워진다. 불교에서 스님들이 정기적으로 무덤을 찾아 시신들 속에서 좌선을 하는 이유도 여기에 있다.

서구에서는 죽음을 부정하는 분위기가 여전히 농후하다. 심지어 노인들도 죽음에 대해 말하거나 생각하지 않으려 한다. 시체는 눈에 안 띄게 감춘다. 죽음을 부정하는 문화는 결국 깊이 없고 피상적으로 되어버린다. 사물의 외형만을 중시하기 때문이다. 죽음이 부정될 때 삶은 그 깊이를 잃어버린다. 이름이나 형상을 떠나 내가 진정 누구인지 알 수 있는 가능성, 명색名色을 초월하는 차원이 삶에서 사라져버린다. 죽음이 바로 그 차원으로 통하는 문이기 때문이다.

～

사람들은 끝이 오면 불편해한다. 모든 것의 끝은 조금이나마 죽음을 시사하기 때문이다. 그래서 많은 언어권에서 헤어질 때 '잘 가'라는 인사 대신 '또 만나자'라고 말한다.

친구들과의 모임이나 휴가가 끝날 때, 애들이 성장해서 집을 떠날 때, 어떤 체험의 끝에 왔을 때 나는 약간의 죽음을 체험한다. 내 의식에 나타났던 하나의 '형상'이 해체되는 것이다. 그리고 공허한 마음이 남는다. 사람들은 그 공허함을 느끼지 않으려고, 직면하지 않으려고 애를 쓴다.

하지만 삶에서 끝을 받아들이고 한 걸음 더 나아가 끝을 환영하는 법을 배운다면 처음에는 불편하게만 느껴지던 공허함이 어느 순간 깊고 평화로운 내면의 여유로움으로 바뀌는 것을 볼 수 있다.

매일 매일 이렇게 죽는 법을 배움으로써 삶에 나를 좀
더 열 수 있다.

~

사람들은 대체로 자기의 정체성과 자아를 무척이나 소
중하게 여기기 때문에 그것을 잃고 싶지 않아한다. 죽음의
공포가 그토록 심한 것도 그런 마음에 기인한 것이다.

'나'가 더 이상 존재하지 않을 수 있다는 것은 상상조차
할 수 없는 두려운 일이다. 그래서 이름과 형상이 그 귀중
한 '나'라는 착각, '나의 이야기'가 '나'라는 착각 속에 살
고 있다. 그러한 '나'는 다만 의식의 장에 생긴 일시적 형
상에 불과할 뿐인데 말이다.

그렇게 '형상 = 나'라는 생각만을 하면 진정 귀중한 것
은 나의 실체이며 내 안 깊숙이 존재하는 생명이며 순수
의식임을 알 수 없게 된다. 그것이 바로 내 안에 있는 영
원이며, 그것만이 내가 잃어버릴 수 없는 유일한 것임을
말이다.

삶을 살다 보면 늘 상실을 겪는다. 재산이나 집, 가까운 사람을 잃어버리기도 한다. 명예나 직업, 몸의 기능을 잃어버리기도 한다. 그렇게 깊은 상실을 경험할 때마다 내 안에 있던 무언가가 죽어버린다. 내가 누구라고 알고 있는 자아상이 점점 작아지고 초라해진다. 방향감각을 상실하기도 한다. '나는 무언가를 잃어버렸는데…… 그것을 잃은 나는 그럼 누구지?'

무의식중에 나의 일부라고 동일화했던 형상이 나를 떠나거나 해체되면 극히 고통스럽다. 이를테면 내 존재의 그물망에 휑하니 구멍이 뚫린 기분이다. 내 가슴에도 구멍은 남아 있다.

그렇지만 고통과 슬픔을 부정하지도 무시하지도 말라. 고통이 거기 있음을 수용하라. 생각은 상실의 주변에서 서성거리며 나를 피해자로 만들어간다. 두려움, 분노, 원한, 자기연민 등이 내가 맡은 피해자 역할에 수반되는 감정이다. 그러한 감정 저변에 무엇이 있는지, 마음이 지어낸 이야기 뒤에 무엇이 있는지 잘 살펴보라. 내 안의 구멍에 휘몰아치는 공허함을 느껴보라. 그 낯선 공허함을 똑바로 마주하고 받아들일 수 있는가? 수용이 일어나는 순간 더 이상 두려움은 없다. 놀랍게도 그곳에서는 평화로움이 번져 나올 것이다.

죽음이 일어날 때, 생명을 담은 형상이 해체될 때 그 사건이 내 가슴에 남기고 간 구멍에는 형상을 여읜 그것, 아직 발현되기 이전의 그것이 빛나고 있다. 그것을 사람들은 신이라 부르기도 한다. 그래서 삶에서 가장 성스러운 것이 죽음이라고 하는 것이다. 그래서 죽음의 수용과 명상을 통해서 신의 평화로움이 나에게 올 수 있다고 하는 것이다.

∿

인간의 체험이란 얼마나 짧고 덧없는 것인가. 인간의 삶은 얼마나 잠깐인가. 이 세상에 탄생과 죽음을 벗어난 것, 영원한 것이 있는가?

다음을 생각해보라. 이 세상에 만약 한 가지 색, 예를 들어 파랑만 있다 하자. 전 세계가 파랑이고 그 안의 모든 것이 다 파랑이라면 그때 파랑은 존재하지 않는다. 파랑을 파랑으로 인식하려면 파랑이 아닌 무언가가 있어야만 한다. 그렇지 않다면 파랑은 드러나지 않을 것이요, 따라서 존재하지 않을 것이다.

마찬가지로 모든 것의 무상함을 인식할 수 있으려면 무상하지 않은 것, 잠시만 존재하는 것이 아닌 무언가가 있어야 하지 않겠는가? 다시 말해서 나를 비롯해 모든 것이 다 무상하다면 나는 무상을 알 수나 있겠는가? 나를 포함한 모든 형상이 짧은 생명을 가지고 있음을 내가 알고 보았다는 사실 자체가 이미 내 안에 해체되지 않을 무언가가 있다는 뜻이 아닌가?

20세에는 내 몸이 튼튼하고 활력 있음을 안다. 60세에는 내 몸이 약해지고 늙었음을 안다. 나의 생각 역시 20대 때와는 달라졌을 수 있다. 하지만 내 몸이 젊거나 늙었다고 아는 마음, 내 생각이 변했다고 아는 맑은 마음에는 변한 것이 없다. 그 맑은 마음이 바로 내 안에 있는 영원이다. 순수의식이다. 형상을 벗어난 '한 생명'이다. 나는 그것을 잃을 수 있는가? 아니다. 내가 바로 그것이다.

～

어떤 사람들은 죽기 직전에 깊은 평화에 잠겨 몸에서 빛이 난다. 마치 해체되는 형상에서 무언가 빛이 발현되는

116

듯이 말이다.

때로 매우 늙은 사람들, 중병을 앓고 있는 사람들이 생의 마지막 몇 주, 몇 달, 심지어 몇 년 동안 거의 투명해진 것처럼 보일 때가 있다. 그들의 눈에서는 광채가 나고 마음에는 더 이상 고통이 없다. 순응을 통해 모든 것을 다 놓아버렸기 때문에 생각이 만들어낸 에고적 '나'가 이미 해체되어버렸다. 그들은 '죽기 전에 이미 죽은' 사람들이다. 죽음을 벗어난 무언가를 발견한 사람들만이 갖는 깊은 평화를 찾은 사람들이다.

모든 사고와 재난에는 늘 구원의 가능성이 들어 있다. 다만 사람들이 그것을 알아보지 못하고 흘려보낼 뿐이다.

전혀 예상치 못한 죽음이 코앞에 닥쳤을 때 느끼는 극도의 충격은 의식으로 하여금 형상과 나를 동일시했던 과거의 습관을 한 순간에 놓아버리게 하기도 한다. 육체가 죽기 직전 마지막 짧은 순간에 그리고 죽음의 순간에 나는 나를 형상을 벗어난 자유 의식으로 체험하는 것이다. 그때 돌연히 두려움이 사라지고 한없는 평화로움이 찾아든다. '모든 것이 다 좋다'는 것을 깨닫는다, 죽음은 단지 형상의 해체에 불과함을 알게 된다. 그리고 죽음은 결국 착각에 지나지 않음을 깨닫는다. 나의 몸이 나라고 생각했던 착각.

～

죽음은 현대 문화가 믿도록 강요하는 것처럼 그렇게 이 례적인 일도, 가장 끔찍한 일도 아니다. 죽음은 세상에서 가장 자연스러운 일이며 그 반대인 탄생에서 분리될 수 없 는 것이다. 죽어가는 사람 옆에 있을 때 이를 잊지 말라.

한 사람의 죽음을 맞이하여 임종을 지키는 사람으로서 그리고 벗으로서 그 자리에 있는 것은 지극히 성스러운 행 위이며 대단한 특권이다.

죽어가는 사람과 함께 있을 때 다가오는 어떤 체험도 부정하지 말라. 지금 일어나고 있는 일을 부정하지 말고 느끼고 있는 감정도 부정하지 말라. 내가 사자死子를 위해 아무 것도 해줄 수 없다는 사실 때문에 무력감이 들고 화 가 나고 슬플 것이다. 그 느낌을 받아들여라. 그리고 거기 서 한 걸음 더 나아가라. 내가 할 수 있는 일이 아무것도 없음을 받아들여라. 완전히 받아들여라. 나에겐 통제권이 없음을 받아들여라. 체험의 매 순간에 깊이 순응하라. 죽

어가는 이가 체험하는 고통과 불편함 뿐 아니라 거기 수반
되는 나의 감정에도 순응하라. 그렇게 순응한 의식 상태,
그리고 그와 함께 오는 고요함이 사자에게 큰 도움이 되고
죽음으로의 전이를 용이하게 해준다. 말이 필요하다면 내
안에 있는 고요함에서 나올 것이다. 하지만 말은 다만 보
조적 역할을 할 뿐이다.

고요함과 함께 축복이 온다. 평화로움.

10
고통과 고통의 끝

고통을 끝내고 진정한 자유를 얻으려면
지금 이 순간 느끼고 체험하는 것이 무엇이든 마치
내 스스로 그것을 온전히 선택한 듯이 살아가라.

만물이 서로 그물망처럼 얽혀 있음을 불교에서는 알고 있었다. 이제 물리학자들이 그것을 증명했다. 어떤 사건이나 존재도 홀로 분리되어 일어날 수 없다. 다만 겉으로만 그렇게 보일 뿐이다. 판단과 분류가 많아질수록 분리와 고립도 늘어난다. 생각을 통해 삶의 전체성은 조각난다. 그럼에도 불구하고 그런 생각을 만들어낸 것도 삶의 전체성이다. 상의상관성相依相關性속에 존재하는 생명의 그물망인 우주의 일부이다.

이것은 지금의 현실이 무엇이든 그리될 수 밖에 없었음을 의미한다.

언뜻 보기에 말도 안되는 사건이 우주의 전체성 안에서 어떤 역할을 하는 것인지 우리는 아무래도 알 길이 없다. 하지만 광대한 우주의 전체성 안에서 그 사건은 부득이한 필연이었다고 인정해버리면 당신은 현실을 받아들이는 제일보를 내디딘 것이다. 그것은 삶의 전체성과 다시 한 번 조화를 이루는 것이기도 하다.

〜

진정한 자유를 원하는가? 고통을 끝내고 싶은가? 그렇다면 지금 이 순간 느끼고 체험하는 것이 무엇이든 마치 내 스스로 그것을 온전히 선택한 듯이 살아가라.

그렇게 나의 내면을 지금 이 순간에 조율하는 것이 고통을 끝내는 길이다.

〜

고통은 정말 필요한 것인가? 필요하기도 하고 필요하지 않기도 하다.

지금까지 겪은 고통이 없었다면 나라는 사람은 깊이가 부족했을 것이다. 겸손과 자비도 없었을 것이다. 그랬다면 지금 이 책도 읽고 있지 않을 것이다. 고통은 에고의 단단한 껍질을 부순다. 그러다가 어느 날 고통이 목적을 다하는 순간이 온다. 나에게 더 이상 고통은 필요 없다고 깨닫는 그 순간까지만 고통은 필요한 것이다.

～

불행은 생각이 만들어낸 나의 정체성을 필요로 한다. 나의 이야기를 필요로 한다. 그리고 불행은 과거와 미래라는 시간을 필요로 한다. 나의 불행에서 시간을 제거해버리면 남는 것은 무엇인가? 이 순간의 '그러함' 뿐이다.

그러한 것은 무엇인가? 이 순간 내가 낙담, 성마름, 긴장, 분노를 느낀다는 것, 심지어 역겨움까지 느낀다는 것이다. 하지만 그것은 불행이 아니다. 개인적인 문제도 아니다. 인간의 고통에 개인적인 것은 없다. 다만 몸 안 어디에선가 느끼는 강렬한 압박감과 에너지일 뿐이다. 그것이 나의 전념에 닿았을 때 감정은 그저 감정으로 남을 뿐 생각으로 변하여 현실에 대립하는 불행한 '나'를 만들지 않는다.

감정을 있는 그대로 허용할 때 무슨 일이 일어나는지 지켜보라.

～

　머릿속에서 일어나는 생각 하나하나를 다 사실이라고 여길 때 많은 고통과 불행이 일어난다. 나를 불행하게 만드는 것은 주변 상황이 아니다. 육체적 고통은 줄 수 있겠지만 그것들이 나에게 불행을 주지는 않는다. 나를 불행하게 만드는 것은 나의 생각이다. 상황에 대한 나의 주관적 판단, 나의 이야기가 나를 불행하게 만드는 것이다.

　'지금 내가 하고 있는 생각이 나를 불행하게 만들고 있다.' 이것을 깨달을 때 내가 무의식중에 '생각 = 나'라고 동일하게 여겼던 습관을 타파할 수 있다.

～

"날씨도 거지같군."

"애프터 신청도 안 해주다니 그 남자는 밥맛이야."

"그녀는 나를 실망시켰어."

　내가 하는 혼잣말도 남들과 나누는 사소한 이야기도 불

평불만인 경우가 많다. 그것은 위축되는 자아상을 보강하기 위해 무의식중에 만들어지며 언제나 나는 '옳은 쪽', 남이나 사물은 '그른 쪽'이 되어야 한다. 내가 옳다는 생각은 우월감을 주어 거짓 자아를 키운다. 그로 인해 적을 만든다. 그렇다. 에고는 자신의 경계선을 정의해줄 적이 필요하다. 때로는 날씨마저도 적의 역할을 한다.

습관적인 비판과 감정적 위축 때문에 내 삶에 들어오는 사람과 사건에 나는 늘 대립했다. 이것은 모두가 스스로 자초한 고통임에도 불구하고 나만 그것을 모르고 있다. 에고가 만족하고 있기 때문이다. 에고가 가장 좋아하는 액세서리는 불평과 대립이다.

내가 만들어낸 이야기가 없다면 삶은 얼마나 단순 소박할까?

"지금 비가 온다."

"그 남자는 전화를 하지 않았다."

"나는 거기 갔다. 그녀는 오지 않았다."

～

고통스러울 때, 불행할 때 지금 이 순간의 현실과 온전히 함께 머물라. 지금 이 순간의 드넓은 공간 안에서는 불행이나 고통이 살아남지 못한다.

～

주어진 상황을 마음속으로 '바람직하지 않은 것' '나쁜 것'으로 명명하고 분류할 때 고통은 시작된다. 당신은 주어진 상황을 원망하고, 원망은 그것을 개인적인 것으로 만들어 대립하는 '나'를 이끌어낸다.

명명과 분류는 습관화된 것이지만 타파할 수도 있다. 먼저 작은 것부터 '명명하지 않는' 연습을 하라. 예를 들어 비행기를 놓치거나 컵을 깼거나 진창에 넘어졌을 때, 그것을 '나쁜 것' '고통스러운 것'으로 명명하지 않는 것이다. 그 순간의 '그러함'을 즉시 받아들이는 것이다.

주어진 상황을 나쁜 것으로 명명할 때 내면에 정신적 위축이 일어난다. 하지만 아무런 이름도 붙이지 않고 있는 그대로 내버려두는 순간 놀라운 힘이 내면에 생긴다.

정신적 위축은 삶 자체의 힘을 차단시킨다.

～

그들은 선악을 판단하는 지식의 나무에서 과실을 따먹었다.

하지만 이제 선악을 넘어서야 한다. 그러려면 무엇이 다가오든 '좋은 것' '나쁜 것'이란 명명을 삼가야 한다. 습관적 명명을 넘어설 때 우주의 힘이 나를 통해 작용한다. 어떤 체험이 다가오든 대립하지 않고 수용하는 관계를 이룰 때 전에는 '나쁜 것'이라 부르던 것들이 삶 자체의 힘을 통하여 당장은 아니더라도 빠른 시간에 바뀌는 것을 볼 수 있다.

주어진 체험을 '나쁜 것'으로 명명하지 않을 때, 내면으로 받아들이면서 '예'라고 말할 때, 상황을 있는 그대로 놓아둘 때 무슨 일이 일어나는지 잘 살펴보라.

～

나에게 주어진 삶이 어떤 것이든 그것을 온전히 있는 그대로 받아들인다면 나는 어떤 기분이 될까? 지금 이 순간.

～

삶에는 포착하기 힘든 고통도 있고, 분명한 고통도 있다. 이들은 너무나 '정상적'이어서 대체로 고통으로 인식되지도 않을 뿐만 아니라 에고에게는 만족스럽기까지 하다. 짜증, 조급함, 분노를 비롯하여 사물이나 사람에 대한 불만, 원한, 불평 같은 것들.

그런 온갖 형태의 고통이 생기는 순간 바로 알아차리는 법을 당신은 배울 수 있다. 그러면 이 순간 당신 스스로 고통을 만들고 있음을 알게 된다.

스스로 고통을 만드는 습관을 가진 사람은 다른 사람들에게도 고통을 만들어준다. 이런 무의식적인 마음 양상은 고통이 일어나는 대로 알아차리는 인식 작용을 통해 멈출 수 있다.

자신의 마음을 명료히 보면서 스스로 고통을 만들 수는 없다.

이것이 바로 기적이다. 겉으로 보기에 '나쁜 것' '악한 것'으로 보이는 모든 조건과 사람과 상황 뒤에는 커다란 선(大善)이 감추어져 있다. 내 안과 밖의 현실을 내면에서 받아들일 때 그것은 스스로 모습을 드러낸다.

'악에 저항하지 말라'는 인류 최고의 진리 중 하나이다.

대화 하나

A: 현실을 받아들여라.

B: 나는 정말 그럴 수 없어. 정말 짜증나고 화가 나.

A: 그럼 그런 현실을 받아들여.

B: 내가 짜증나고 화난다는 걸 받아들여? 내가 받아들일 수 없다는 것을 받아들여?

A: 그래. 받아들일 수 없다는 너의 마음에 받아들이는 마음을 가져. 순응할 수 없다는 너의 마음에 순응하는 마음을 가져. 그리고 나서 무슨 일이 일어나는지 그냥 지켜봐.

만성적인 육체의 통증은 가장 엄한 스승이라 할 수 있다. 그 스승은 '저항은 아무런 소용이 없다'고 가르친다.

　　고통받지 않으려는 마음은 지극히 정상이다. 하지만 그런 저항을 놓아버리면 그래서 고통이 거기 있도록 허용하면 내면에서 고통이 미약하게나마 분리되는 것을 볼 수 있다. 나와 고통 사이에 공간이 생긴 것이다. 이것은 내가 의식하면서 기꺼이 고통을 받는다는 뜻이다. 의식적으로 고통을 받을 때 육체의 통증은 내 안에 있는 에고를 빠르게 불태워버린다. 에고는 대부분 저항으로 이루어졌기 때문이다. 극도의 육체적 장애도 마찬가지다.

　　'나의 고통을 신에게 바친다'는 표현이 바로 이것이다.

　　기독교인이 아니라도 십자가의 상징적 형태에 담겨 있는 깊은 보편적 진리를 이해할 수는 있을 것이다.
　　십자가는 고문 기구이다. 그것은 인간이 겪는 최악의 고통과 한계 그리고 무력함을 상징한다. 그런데 난데없이 인간이 순응을 하는 것이다. 기꺼이 고통을 받을 뿐만 아니라 순응의 말까지 한다. '제 뜻이 아니라 당신 뜻대로 하소서.' 바로 그 순간 고문 기구인 십자가는 감추었던 얼굴을 드러낸다. 바로 신을 상징하는 성물이 되는 것이다.

　삶의 초월적인 차원의 존재를 부정하는 듯 보였던 것이 이제 순응을 통해서 그 차원으로 들어가는 문이 된다.

지금 이 순간 가능한 깨달음

고요함이라는 보석

"소란한 생각을 벗어나 고요함 속에서 모든 사물과 모든 사람을 만나는 것은 당신이 이 우주에게 줄 수 있는 가장 큰 선물이다. 내가 고요함이라 부르는 그 보석은 기쁨이기도 하고 또한 사랑이기도 하다."

에크하르트 톨레의 홈페이지에 들어가면 잔잔한 파문이 이는 수면에 피어 있는 연꽃을 만날 수 있다. 그 연꽃을 클릭하면 고요함에 관한 위의 말이 나타난다. 6년 전, '너희가 지금Now을 아느냐?'는 메시지로 지금 이 순간Now 속에 다이너마이트처럼 함축되어 들어 있는 놀라운 파워 Power에 대해 가르침을 폈던 톨레가 이제 '너희가 고요함 Stillness을 아느냐?'는 메시지가 담긴 『고요함의 지혜

Stillness Speaks』를 내어 고요함이 가진 아름다움과 힘을 세상에 알리고 있다.

200개의 경구를 담은 10개의 바구니

간결한 미니멀리즘을 선호하는 시대의 흐름에 따라『고요함의 지혜』는 총 200개의 짧은 경구 형식의 가르침을 10개의 바구니에 나누어 담아놓았다. 되도록 단순하게, 되도록 짧게, 되도록 많은 여백을 두고 배열된 가르침 안에는 상징과 함의와 암시가 풍부하다.

이 책『고요함의 지혜』는 깨달음의 시와도 같다. 정신적인 것을 추구하고 그런 가르침에 대한 책을 여러 권 본 독자라면 이 책에서 많은 도움을 얻을 수 있을 것이다. 최근 10년간 정신서적과 뉴에이지의 붐이 일어나고 자기계발서가 각광받은 것을 참작할 때 많은 독자들이 이 책에서 도움을 받을 수 있으리라 확신한다.

깨달음의 시

깨달음의 시란 무엇인가? 하나의 단어, 또는 하나의 구절이 많은 뜻을 함축하고 있어, 정확히 꼬집어서 구체적인 언어로 표현할 수는 없지만 우리를 어떤 감성과 마음의 차원으로 데려가는 시이다. 다시 말해서 고대의 스승이 '내 손가락을 보지 말고 손가락이 가리키는 곳을 보라'고 했을 때 이 책은 그 손가락과도 같은 것이다.

톨레의 『지금 이 순간을 살아라*The Power of now*』가 자신이 깨달음을 얻게 된 과정과 그 실천 방법을 우리 옆에 서서 자세하고 친절하게 서술했다면, 이 책은 의도적으로 경전의 형식을 취하여 우리의 스승 톨레가 법상에 앉아 우리가 참구하고 음미해야 할 것들을 간결하게 화두처럼 던져주고 있다고 할 수 있다.

우울한 청년에서 깨달음의 스승으로

에크하르트 톨레는 1948년 독일에서 태어나 13세에 스페인으로 이주하였다가 현재는 캐나다 벤쿠버에서 살고 있다. 영국의 런던대학을 졸업한 후 케임브리지대학에서 연구원으로 일을 하던 그는 늘 우울증에 시달렸고 삶의 무의미함과 자살 충동에 압도되었다. 그러다가 29세가 되던 해에 심오한 깨달음을 얻어, 한순간에 삶의 변화가 일어난다. 이런 깨달음은 그에게 자연히 일어난 일로 그는 정식 수행을 하지 않고도 홀로 깨달음을 얻은 사람, 즉 돈오자가 되었다.

무명의 한 인간이 어느 날 갑자기 혜성처럼 정신계의 스승으로 등장하여 엄청난 각광을 받으며 가르침을 펴기 시작했다. 그가 사용하는 언어는 단순하지만 깊이가 있었고 또한 어떤 종교에도 속하지 않은 그만의 언어이거나 일상의 언어였기 때문에 사람들이 이해하기가 쉬웠다.

그의 첫 번째 저서 『지금 이 순간을 살아라』는 1998년 출판된 뒤 입소문을 타고 알려지기 시작해서 4년 후인 2002년 12월에는 뉴욕타임스 베스트셀러에 올랐다. 『지금 이 순간을 살아라』가 사람들에게 과거에 대한 집착, 미래에 대한 기대를 다 버리고 오직 지금 이 순간에만 집중하라고 가르쳤다면 2003년 8월에 발간된 그의 두 번째 저서 『고요함의 지혜』는 그렇게 지금 이 순간에 오롯이 내려앉아 온 마음을 집중할 때 발견하게 되는 것이 바로 고요함이라고 말하고 있다.

생각이 끊어진 적멸의 자리

내면으로 들어가고 또 들어가면 모든 것이 하나로 연결된 순수의식이 거하는 곳을 만나게 된다. 그렇게 되면 더 이상 외부에서 소란하게 떠드는 말이나 자기 자신이 끊임없이 중얼거리는 말이 들리지 않게 된다. 오직 한없는 고요함이 들려주는 말에 귀를 기울일 수 있게 된다. 밖으로의 여행이 아니라 안으로의 여행을 하는 정신수행자는 자신을 치장한 것들을 하나하나 버려가며, 마음을 비워가며, 마치 깊은 동굴을 내려가듯이 내면으로의 여행을 한다. 모든 생각이 끊어지고 모든 언어가 끊어지고 그래서 아무런 감정의 출렁임도 없는 그곳, 불교에서 말하는 적멸寂滅의 자리를 톨레는 고요함이라고 말하는 것이다.

불교에서는 불성, 그리스도교에서는 신성이라고 하는 그 내면의 보석에 도달하기 위해서 그러면 우리는 무엇을 해야 하는가? 지금 이 순간에 주목하고, 지금 이 순간을 살며, 지금 이 순간이 발하는 고요함 속에 거하면 된다. 정말 쉬워 보이지 않는가? 톨레는 이렇게 각 개인의 깨달음을 통해 인류 전체가 깨달음을 얻고 전 지구적 차원의 의식 변화가 일어나 조화로운 세계가 되기를 희망하고 있다.

돈오頓悟는 가능하다

뭐 그리 어려운 일이 아닐 수도 있다. 육조 혜능대사 이후로 선의 법맥에서는 한순간의 깨달음이 누구에게나 가능한 일이라며 참선과 수행을 권장해왔다. 톨레의 책을 읽다가 어느 한 구절에서 깨달음의 문이 활짝 열릴 수도 있다. 하지만 일상생활을 살아가면서 우리가 원하는 것은 인류의 정신적 스승이 되는 것보다는 내 마음을 평화롭게 다스리고 마음을 혼란하게 하는 문제를 만나더라도 좀더 명료하고 긍정적인 마음으로 문제를 검토하고 해결할 수 있는 능력일 것이다. 그런 독자라면 톨레의 책에서 충분히 도움을 받을 수 있다.

실은 '지금 이 순간을 살아라'와 '생각을 끊고 네 안에서 고요한 자리를 찾아라'는 이미 2500년 전 붓다가 우리들에게 주었던 가르침이다. 조계종 종정을 지냈으며 수행자로 숭앙받았던 서암 노스님 역시 "헛된 꿈에 휘둘리지 말고 오직 지금 이 순간을 살아라〔現前一念〕"고 말했다. 톨레는 그것을 불교적 용어를 쓰지 않고 이 시대의 사람들이 쉽게 알 수 있는 언어와 사례로 가르치고 있는 것이다.

기립박수를 받은 영성지도자

2000년 3월 미국 캘리포니아주의 해변 도시 라 호야(스페인어로 '보석'의 뜻)에서 열린 영성지도자 회의에 참석하여 맨 마지막 날 아침에 삶과 인간의 비이원성과 깨달음에 대해 90분간 발표를 마친 에크하르트 톨레는 500여 명의 청중으로부터 기립박수를 받은 유일한 발표자였다.

그리고 잡지 『깨달음이란 무엇인가What is Enlightenment』에서 카터 핍스는 톨레의 책이 깨달음으로 가는 길에 많은 도움이 된다고 언급하면서 하지만 옥의 티를 하나 지적하자면 깨달음으로 가는 완전한 길을 제시하지는 못했다는 비난이 있다고 언급했다. 그는 돈오점수법을 설한 당나라의 규봉 종밀의 예를 들면서 돈오를 주장한 톨레의 가르침이 우리의 동기, 행동을 긍정적으로 변화시킬 수 있는 점수법을 도입해 균형을 이루어야 한다고 주장했다. 로버트 버

즈웰이 주장한 것처럼 돈오와 점수는 상생의 관계를 가지고 있기 때문이다.

이 책을 읽으면서『신과의 대화』의 저자 닐 월쉬가 그랬던 것처럼 당신도 다음과 같은 행복한 상태를 차례로 경험해보기 바란다.

평화로움……

기쁨……

살아 있다는 느낌……

고요함……

다시 한 번 솟아나는 신나는 삶의 느낌……

행복한 나……

마음 깊은 곳에서 알고 있던 것을 다시 한 번 확인하는 기쁨……

그리고 우주와 하나 된 나…….

明衍 진우기

옮긴이 **진우기**

서울대학교 사범대학 화학교육과를 졸업하고 교편을 잡다가 도미하여 Texas A&M University에서 평생교육학으로 석사 학위를 받았다. 미국에서 체류하는 10년 동안 서양의 다양한 불교문화를 현장에서 직접 체험하며 공부하였다.

현재 불교문화센터에서 영어를 강의하고 불교와 과학 분야에서 전문번역가로 활동하고 있으며, 신문·방송 등 여러 매체를 통해 서양 불교를 널리 알리는데 힘쓰고 있다. 틱낫한 스님의 저서를 여러 권 번역해 국내에 소개했으며, 한국방문단이 틱낫한 스님의 자두마을을 방문했을 때 법문 공식통역을 맡았다. 지은 책으로 『달마, 서양으로 가다』가 있고, 옮긴 책으로는 『깨달음의 길』『힘』『로잘린드 프랭클린과 DNA』 등이 있다.